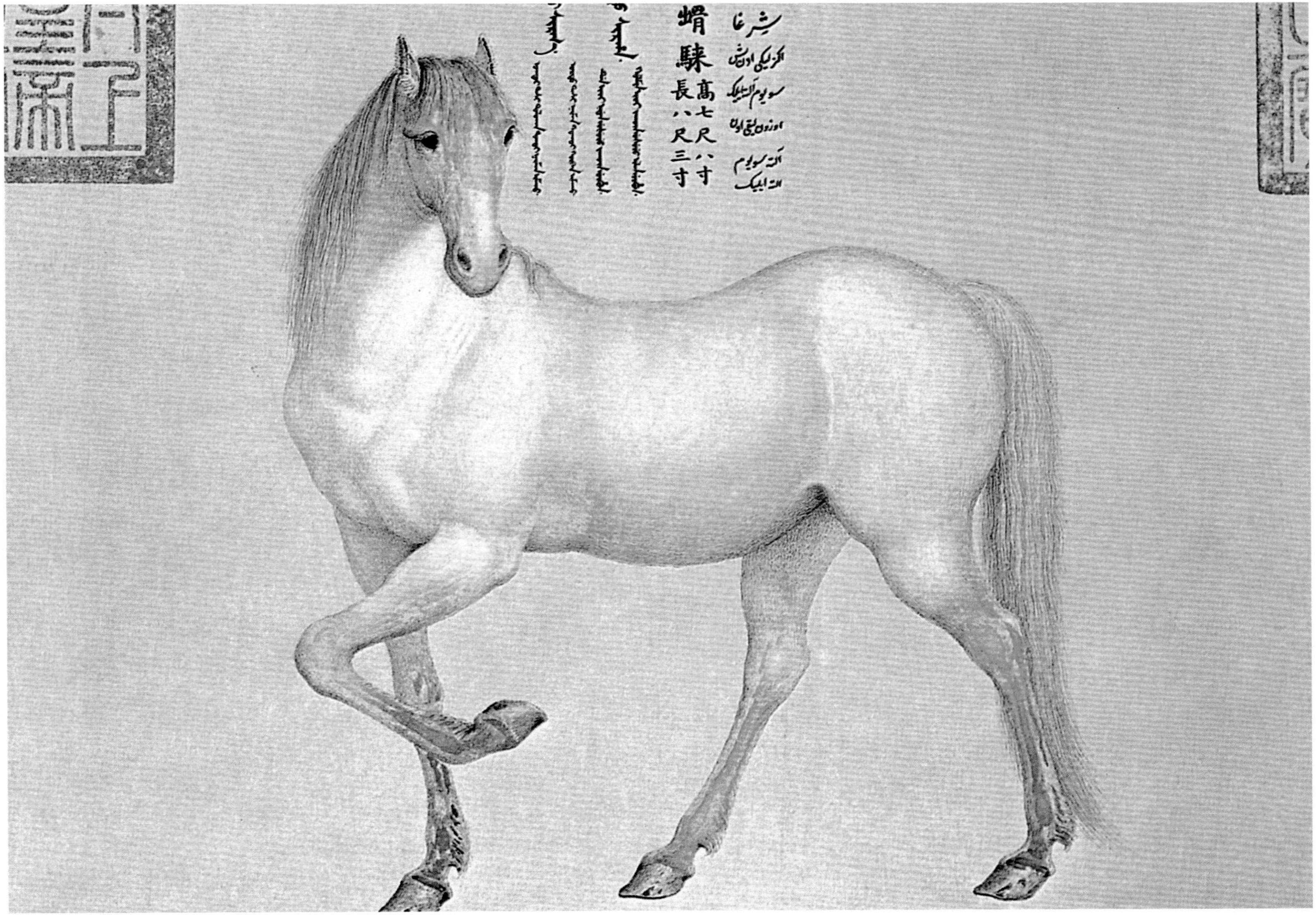

郎世寧繪乾隆名駒之一——郎世寧（1688-1768），意大利耶穌會教士，歷康熙、雍正、乾隆三朝為清廷畫工。
圖中白馬為大宛名駒，駱冰送給胡斐的白馬或與此相似。

伍學藻「荔枝圖」──伍學藻是十九世紀末廣東著名畫家，善畫荔枝。他是順德人，袁紫衣的同鄉。

三彩瓷船──康熙年間的素胎三彩瓷船。色彩和製作有重大藝術價值。袁紫衣和易吉在帆船的桅桿上鬥鞭，那艘帆船當和圖中瓷船相似。

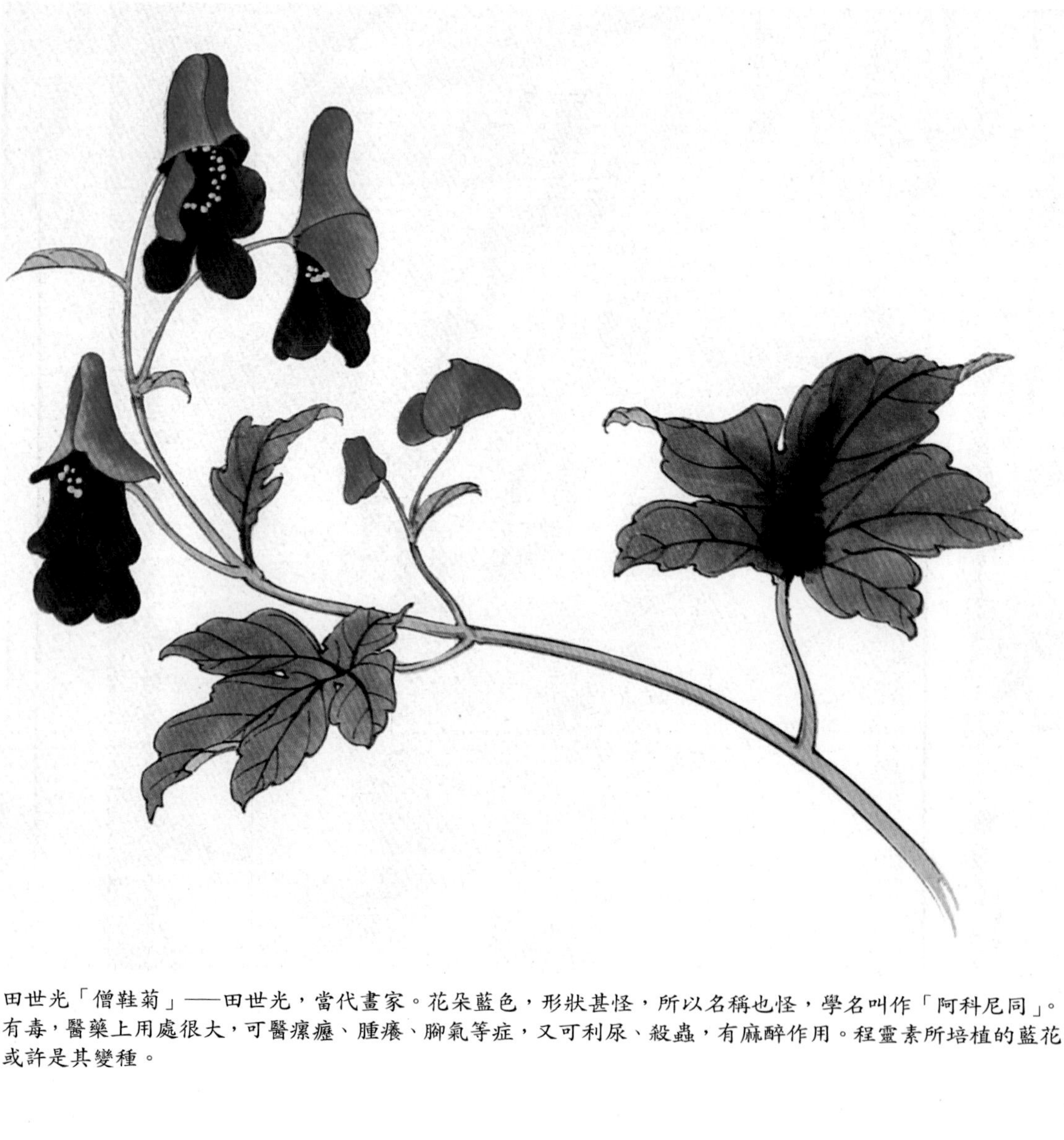

田世光「僧鞋菊」——田世光，當代畫家。花朵藍色，形狀甚怪，所以名稱也怪，學名叫作「阿科尼同」。有毒，醫藥上用處很大，可醫瘰癧、腫癢、腳氣等症，又可利尿、殺蟲，有麻醉作用。程靈素所培植的藍花或許是其變種。

大字版 飛狐外傳

②毒手藥王

金庸

大字版金庸作品集㉘
飛狐外傳 (2)毒手藥王 「公元2004年金庸新修版」
The Young Flying Fox, Vol. 2

作　　者／金　庸

封面設計／唐壽南　內頁插畫／王司馬

發 行 人／王 榮 文
出版・發行／遠流出版事業股份有限公司
臺北市中山北路一段11號13樓
電話／2571-0297　傳真／2571-0197　郵撥／0189456-1

□2004年9月16日　初版一刷
□2022年4月 1 日　二版三刷

大字版 每冊 380元（本作品全四冊，共1520元）
〔另有典藏版共36冊（不分售），平裝版共36冊，新修版共36冊，新修文庫版共72冊〕

ISBN　978-957-32-8508-3（套：大字版）
ISBN　978-957-32-8504-5（第二冊：大字版）
Printed in Taiwan

YLib 遠流博識網
http://www.ylib.com　E-mail:ylib@ylib.com

目錄

突見松樹上一人落了下來，正好騎在白馬背上，這時袁紫衣那再容他逃脫，雙足在馬鐙上一撐，躍在半空。

第六章　紫衣女郎

胡斐回到大樹底下牽過馬匹，縱騎向北，一路上留心鳳天南和五虎門的蹤跡，卻半點影子也無。這一日過了五嶺，已入湖南省境，見沿途都是紅土，較之嶺南風物，情狀大異。

胡斐縱馬疾馳，過馬家鋪後，將至棲鳳渡口，猛聽得身後傳來一陣迅捷異常的馬蹄聲響，回頭望去，只見一匹白馬奮鬣揚蹄，風馳而來，當即勒馬讓在道旁。剛站定，耳畔呼的一響，那白馬已從身旁疾竄而過，四蹄竟似不著地一般。馬背上乘著個紫衣女子，只因那馬實在跑得太快，女子的面貌沒瞧清楚，但見她背影苗條，穩穩的端坐馬背。

胡斐吃了一驚：「這白馬似是趙三哥的坐騎，怎地又來到中原？」自從在商家堡外別後，他無日不記掛趙半山，這時見到白馬，大喜之下，便想追上去問個明白，剛張口叫了聲：「喂！」那白馬已奔得遠了，垂柳影下，依稀見那紫衣女子回頭望了一眼，白馬腳步不停，片刻之間，已奔得無影無蹤。

胡斐好生奇怪，催馬趕路，但白馬腳程如此迅速，自己的坐騎縱然再快一倍，就算日夜不停奔馳，也決計趕她不上，催馬追趕，也只聊盡人事而已。

第三日到了衡陽。那衡陽是湘南重鎮，左近便是南嶽衡山，向有「衡山天下秀」之稱，一路上古松夾道，風景清幽，白雲繞山，令人胸襟大爽。

胡斐剛入衡陽城南門，忽見一家飯鋪廊下繫著一匹白馬，身長腿高，貌相神駿，正是途中所遇的那匹快馬。胡斐少年時與趙半山締交，對他的白馬瞧得極是仔細，此時一見，儼是故物，不禁大喜，忙走到飯鋪中，想找那紫衣女子，卻不見人影。胡斐要待向店夥詢問，轉念一想，公然打探一個不相識女子的行蹤，大是不便，便坐在門口，要了酒飯。

少停酒菜送上，湖南人吃飯，筷極長，碗極大，辣味甚重，胡斐雖不喜辣，但菜肴每味皆濃，頗有豪邁之風。他慢慢喝酒，尋思少待如何啓齒和那紫衣女子說話，只覺尋不著合適話頭，猛地想起：「此人既乘趙三哥的白馬，必和他有極深淵源，何不將趙三哥所贈紅花放在桌上？她自會來尋我說話。」他右手拿著酒杯，反伸左手去取包袱，卻摸了個空，回過頭來，包袱竟已不知去向。

包袱明明放在身後桌上，怎地一轉眼便不見了？向飯鋪中各人一望，並無異樣人物，暗暗稱奇：「若為尋常盜賊順手牽羊，我決不能不知。此人既能無聲無息的取去，倘在背後突施暗算，我也必遭毒手，瞧來今日是在湖南遇上高人了。」問店夥道：「我的包袱放在桌旁，怎地不見了？你見到有人取去沒有？」

那店夥聽說客人少了東西，登時大起忙頭，說道：「貴客錢物，概請自理，除非交在櫃上，否則小店恕不負責。」胡斐笑道：「誰要你賠了？我只問你瞧見有人拿了沒有。」那店夥道：「沒有，沒有。我們店裏怎會有賊？客官千萬不可亂說。」胡斐知道跟他纏不清楚，又想連自己也沒察覺，那店夥怎能瞧見？正自沉吟，那店夥道：「客官所用酒飯，共是一錢五分銀子，請會鈔吧。」那包袱之中，尚有從鳳天南賭場中取來的數百兩銀子，他身畔可不名一文，見店夥催帳，不由得一窘。

那店夥冷笑道：「客官倘若手頭不便，也不用賴說不見了包袱啊。」

胡斐懶得跟他分辯，到廊下去牽過自己坐騎，卻見那匹白馬已不知去向，不由得一怔：「這白馬跟偷我包袱之人必有干連。」對那紫衣女子登時多了一層戒備之心，將坐騎交給店夥，說道：「這頭牲口少說也值得八九兩銀子，且押在櫃上，待我取得銀子，連牲口的草料錢一併來贖。」那店夥立時換了一副臉色，陪笑道：「不忙，不忙，客官走好。」

胡斐正要去追尋白馬的蹤跡，那店夥趕了上來，笑道：「客官，只怕今日你也沒錢吃飯的了，我點你一條明路，包你有吃有住。」胡斐嫌他囉唆，正要斥退，轉念一想：「甚麼路子？是指點我去尋包袱麼？」便點了點頭。

那店夥笑道：「這種事情一百年也未必遇得上，偏生客官交了運，楓葉莊萬老拳師不遲不早，剛好七日之前過世，今日正是頭七開喪。」胡斐道：「那跟我有甚相干？」那店夥笑道：「大大的相干。」轉身到櫃上取了一對素燭，一筒線香，交給胡斐，說道：「從此一直向北，不到三里地，幾百棵楓樹圍著一座大莊院，便是楓葉莊了。客官拿這副香燭去弔喪，在萬老拳師的靈前磕幾個頭，莊上非管吃管住不可。明兒你說短了盤纏，莊上少說也得送你幾兩銀子路費。」

胡斐聽說死者叫做「萬老拳師」，心想同是武林一脈，先有幾分願意，問道：「那楓葉莊怎地如此好客？」那店夥道：「湖南幾百里內，誰不知萬老拳師慷慨仗義？不過他生前專愛結交英雄好漢，像客官不會武藝，正好乘他死後去打打秋風了。」胡斐先怒後笑，抱拳笑道：「多承指點。」問道：「那麼萬老拳師生前的英雄朋友，今天都要趕來弔喪了？」那店夥道：「誰說不是呢？客官便去開開眼界也是好的。」胡斐一聽正中下懷，接過素燭線香，道了謝，逕往北去。

不出三里，果如那店夥所言，數百株楓樹環抱著一座大莊院，莊外懸著白底藍字的燈籠，大門上釘了麻布。

胡斐一進門，鼓手吹起迎賓樂曲。但見好大一座靈堂，兩廂掛滿素幛輓聯。他走到靈前，跪下磕頭，心想：「不管你是誰，總是武林前輩，受我幾個頭想來也當得起。」他跪拜之時，三個披麻穿白的孝子跪在地下磕頭還禮。胡斐站起身來，三個孝子向他作揖致謝。胡斐也是一揖，見三人中兩個身材粗壯，另一人短小精悍，相貌各不相同，心道：「萬老拳師這三個兒子，定然不是一母所生，多半是三個妻妾各產一子了。」回身過來，見大廳上擠滿了弔客，一小半似是當地鄉鄰士紳，大半則是武林豪士。胡斐逐一看去，沒一個相識，鳳天南父子固不在內，那紫衣女子也無影蹤，尋思：「此間羣豪聚會，或能聽到一些五虎門鳳家父子的音訊。」

少頃開出素席，大廳與東西廂廳上一共開了七十來桌。胡斐坐在偏席，留心衆弔客的動靜。見年老的多帶戚容哀色，年輕的卻高談闊論，言笑自若，想是夠不上跟萬老拳師有甚交情，也不因他逝世而悲傷了。

只見三個孝子恭恭敬敬的陪著兩個武官，讓向首席，坐了向外的兩個首座。兩個武官穿的是御前侍衛服色。胡斐一怔，認得這二人正是先前曾在佛山鎮外遇過的何思豪和他同伴，他自不知何思豪的名字，但見他頤指氣使，派頭甚大。首席上另外還坐了三個老年武師，三個孝子坐在下首作陪。

衆客坐定後，那身材矮小的孝子站起身來，舉杯謝客人弔喪。他謝過之後，第二個孝子也謝一遍，接著第三個又謝一遍，言辭舉動一模一樣。衆客人一而再、再而三的起立還禮，不由得頗感厭煩。

胡斐正覺古怪，聽得同桌一個後生低聲道：「三個孝子一齊謝一次也就夠了，倘若萬老拳師有十個兒子，這般幹法，不是要連謝十次麼？」一個中年武師冷笑道：「萬鶴聲有一個兒子也就好了，還說十個？」那後生奇道：「難道這三個孝子不是他兒子麼？」中年武師道：「原來小哥跟萬老拳師非親非故，居然前來弔喪，這份古道熱腸，可真難得之極。」那後生脹紅了臉，低下頭不再說話。

胡斐暗暗好笑：「此君和我一般，也是打秋風吃白食來的。」

那中年武師道：「說給你聽也不妨，免得有人問起，你全然接不上榫頭，那可臉上下不來。萬老拳師名成業就，就可惜膝下無兒。他收了三個徒弟，那身材矮小的名叫孫伏虎，是老拳師的大弟子。這白臉膛的漢子尉遲連，是二弟子。紅臉膛酒糟鼻的大漢楊賓，是他的第三弟子。這三人各得老拳師之一藝，武功都挺不差，只粗人不明禮節，是以大師兄謝了，二師兄也謝，三師弟怕失禮，跟著也來謝一次。」那後生紅著臉，點頭領教。

胡斐跟首席坐得雖不甚近，但留神傾聽，盼望兩名侍衛在談話之中會提到五虎門，透露一些鳳天南父子行蹤的線索。只聽那何思豪朗聲道：「兄弟奉福大帥之命，來請威震湘南的萬老拳師進京，參與天下掌門人大會，好讓少林韋陀門的武功在天下武師之前大大露臉。想不到萬老拳師一病不起，當眞可惜之極。」衆人附和嘆息。何思豪又道：「萬老拳師雖然過世，但少林韋陀門是武林中有名的宗派，掌門人不可不到。不知貴門的掌門人由那一位繼任？」

孫伏虎等師兄弟三人互視一眼，各不作聲。過了半晌，三師弟楊賓說道：「師父得的是中風之症，一發作便人事不知，是以沒留下遺言。」另一名侍衛道：「嗯，嗯。貴門的前輩尊長，定有一番主意了。」二弟子尉遲連道：「我們幾位師伯師叔散處各地，向來少通音問。」那侍衛道：「如此說來，選立掌門之事，倒還得費一番周折。福大帥主持的掌門人大會，定在八月中秋，還有兩個月時光，貴門須得及早爲計才好。」師兄弟三人齊聲稱是。

一名老武師道：「自來不立賢便立長，萬老拳師既沒遺言，那掌門一席，自非大弟子孫師兄莫屬。」孫伏虎笑了笑，神色之間甚是得意。另一名老武師道：「立長之言是不錯的。可是孫師兄雖入門較早，論年歲卻是這位尉遲師兄大著一兩歲。尉遲師兄老成精幹，韋陀門如由他接掌，定能發揚光大，萬老拳師在天之靈，也必極爲欣慰了。」尉遲連伸袖擦了擦眼，顯得懷念師父，心中悲戚。第三名老武師連連搖手，說道：「不然，不然，若在平日，老朽原無話可說。但這番北京大會，各門各派齊顯神通。韋陀門掌門人如不能技藝過人，豈不損了韋陀門數百年的英名？因此以老朽之見，這位掌門人須得是韋陀門中武功第一的好手，方能擔當。」眾人連連點首，齊聲稱是。

那老武師又道：「三位師兄都是萬老拳師的得意門生，各擅絕藝，武林中人人都十分欽佩。不過說到出乎其類，拔乎其萃，那還是後來居上，須推小師弟楊賓了。」第一名老武師哼了一聲，道：「那也未必。武學之道，多練一年，功夫便深一年。楊師兄雖天資聰穎，但就功力而言，那便遠遠不及孫師兄了。刀槍拳腳上見功夫，這是絲毫勉強不來的。」第二名老武師道：「說到臨陣取勝，鬥智為上，鬥力其次。兄弟雖是外人，但平心而論，足智多謀，還該推尉遲師兄。」

他三人你一句，我一句，起初言語中都還客氣，到後來漸漸面紅耳赤，聲音也越說越大。幾十桌的客人停杯不飲，聽他三人爭論。胡斐心道：「原來三個老武師都是受人之託，來作說客的，說不定還分別受了三名弟子的禮物。」

弔客之中，有百餘人是韋陀門的門人，大都是萬老拳師的再傳弟子，各人分別擁戴自己師父，先是低聲譏諷爭辯，到後來大聲吵嚷起來。各親朋賓客或分解勸阻，或各抒己見，或袒護交好，或指斥對方，大廳上亂成一片。有幾個脾氣暴躁、互有心病之人，竟拍桌相罵，有的更離座而起，眼見便要掄刀使拳。萬老拳師屍骨未寒，門下的徒弟便要為掌門一席而同室操戈。

那坐在首席的侍衛何思豪聽著各人爭吵，並不說話，望著萬老拳師的靈位，不住微笑，眼見各人越鬧越厲害，突然站起，說道：「各位且莫爭吵，請聽兄弟一言。」眾人敬他是官，一齊住口。

何思豪道：「適才這位老師說得不錯，韋陀門掌門人，須得是本門武功之首，這一節各位都是贊同的了？」大家齊聲稱是。何思豪道：「武功誰高誰低，嘴巴裏是爭不出來的。刀槍拳腳一比，立時便判強弱。好在三位是同門師兄弟，不論勝負，都不失了和氣，更不折了韋陀門的威風。咱們便請萬老拳師的靈位主持這場比武，由他老人家在天之靈擇定掌門，倒是一段武林佳話呢。」

眾人鼓掌喝采，紛紛道：「這個最公平不過。」「讓大家見識見識韋陀門的絕藝。」「憑武功分勝敗，事後再無爭論。」「究竟是北京來的侍衛老爺，見識高人一等。」

何思豪見眾人附和其說，甚是得意，說道：「同門師兄弟較藝比武，那是平常之極的事，兄弟卻要請三位當眾答允一件事。」尉遲連在師兄弟三人之中最為精明幹練，當即說道：「但憑大人吩咐，我們師兄弟自當遵從。」何思豪道：「既憑武功分上下，那麼武功最高的便為掌門，事後任誰不得再有異言，更起紛爭。」三人齊聲道：「這個自然。」他三人武功各有所長，常言道：「文無第一，武無第二。」各人自忖雖無必勝把握，但奮力一戰，未始便不能壓服兩個同門。

何思豪道：「既是如此，大夥兒便挪地方出來，讓大家瞻仰韋陀門的精妙功夫。」衆人七手八腳搬開桌椅，在靈位前騰出老大一片空地。眼見好戲當前，各人均已無心飲食，只有少數饕餮之徒，兀自低頭大嚼。

何思豪道：「那兩位先上？是孫師兄與尉遲師兄麼？」

孫伏虎說道：「好，兄弟獻醜。」他弟子送上一柄單刀。孫伏虎接刀在手，走到師父靈前磕了三個頭，轉身說道：「尉遲師弟請上吧。」

尉遲連心想若先與大師兄動手，勝了之後還得對付三師弟，變成了一對二的車輪戰，不如讓他們二人先鬥個筋疲力盡，自己再來卞莊刺虎，撿個現成，拱手道：「兄弟武藝既不及師兄，也不及師弟，這掌門原是不敢爭的。不過各位老師有命，不得不勉強陪師兄師弟餵招，還是楊師弟先上吧。」

楊賓脾氣暴躁，大聲道：「好，讓我先來好了。」從弟子手中接過單刀，大踏步上前。他也不知該當先向師父靈位磕頭，當下立個門戶，右手持刀橫護左肩，左手成鉤，勁坐右腿，左腳虛出，乃是六合刀法的起手「護肩刀」。

少林韋陀門拳、刀、槍三絕，全守六合之法。所謂六合，「精氣神」為內三合，

「手眼身」爲外三合，其用爲「眼與心合，心與氣合，氣與身合，身與手合，手與腳合，腳與胯合。」全身內外，渾然一體。賓客中有不少是武學行家，見楊賓橫刀一立，神定氣凝，均想：「此人武功不弱。」

孫伏虎刀藏右側，左手成掌，自懷裏翻出，使一招「滾手刺扎」，說道：「師弟請！」與胡斐同桌的那中年武師賣弄內行，向身旁後生道：「單刀看的是手，雙刀看的是走。使單刀的右手有刀，刀有刀法，左手無物，那便不好安頓。因此看一人的刀上功夫，只要瞧他左手出掌是否厲害，便知高低。你瞧孫師兄這一掌翻將出來，守中有攻，功力何等深厚？」胡斐聽他說得不錯，微微點頭。

說話之間，師兄弟倆已交上了手，雙刀相碰，不時發出叮噹之聲。那中年武師又道：「這二人刀法，用的都是『展、抹、鉤、剁、砍、劈』六字訣，法度是很不錯的。」那後生道：「甚麼叫做鑽母鉤肚？」中年武師冷笑一聲道：「刀法之中，還有鑽他媽媽，鉤你肚子麼？刃口向外叫做展，向內爲抹，曲刃爲鉤，過頂爲砍，雙手舉刀下斬叫做劈，平手下斬稱爲剁。」那後生脹紅了臉，不住點頭，再也不敢多問。

胡斐雖刀法精奇，但他祖傳刀譜之中，全不提這些細致分別，注重的只是護身傷敵諸般精妙變招，這時聽那中年武師說得頭頭是道，心道：「原來刀法之中還有這許多講究。但瞧這師兄弟倆的刀招，也不見得特別高明。」

眼見二人越鬥越緊，孫伏虎矯捷靈活，楊賓卻勝在腕力沉雄，一時倒難分上下。正鬥之間，大門外突然走進一人，尖聲說道：「韋陀門的刀法，那有這等膿包的，快別現世了吧！」孫楊二人一驚，同時收刀躍開。

胡斐早看清來人是個妙齡少女，但見她身穿紫衣，身材苗條，正是途中所遇那個騎白馬的女子。她背上負著一個包袱，卻不是自己在飯鋪中所失的是甚麼？只見她一張瓜子臉，雙眉修長，眼大嘴小，姿形秀麗，容光照人，不禁大爲驚訝：「這女子年紀和我相若，難道便有一身極高武功，如此輕輕巧巧的取去包袱，竟讓我絲毫不覺？」

孫楊二人聽來人口出狂言，本來均已大怒，但停刀看時，卻是個娉婷嬝娜的美貌女郎，愕然之下，說不出話來。

那女郎道：「六合刀法，精要全在『虛、實、巧、打』四字。你們這般笨劈蠻砍，還提甚麼韋陀門？甚麼六合刀？想不到萬老拳師英名遠播，竟調教了這等弟子出來。」她聲音爽脆清亮，人人均覺動聽之至。她雖神色嚴峻冷傲，面目卻甚甜美，令人一見之下，眼光便捨不得離開。

說這番話的如是個漢子，孫楊二人早已發話動手，然見這女郎纖腰削肩，宛似弱不禁風，那裏是個會武之人？但聽她所說六合刀法那「虛、實、巧、打」四字訣，卻又一點不錯，一時不知如何對答。

尉遲連走上前去，抱拳說道：「請教姑娘尊姓大名。」那女郎哼了一聲，並不回答。尉遲連道：「敝門今日在先師靈前選立掌門。請姑娘上座觀禮。」說著右手一伸，請她就坐。那女郎秀眉微豎，說道：「少林韋陀門是武林中有名門派，卻從這些人中選立掌門，豈不墮了圓通大師以下列祖的威名？」此言一出，廳上江湖前輩都微微一驚。圓通大師是少林寺的得道高僧，當年精研韋陀杵和六合拳法，乃韋陀門的開山祖師，想不到一個弱質少女，竟也知道這件遠年的武林掌故。

尉遲連抱拳道：「姑娘奉那一位前輩之命而來？對敝門有何指教？」他一直說話客氣，但孫伏虎與楊賓早已大不耐煩，只聽那女郎出語驚人，這才暫不發作。

那女郎道：「我自己要來便來，何必奉人之命？我和韋陀門有點兒淵源，見這裏鬧得太不成話，不得不來說幾句話。」楊賓再也忍耐不住，大聲道：「你跟韋陀門有甚麼淵源？誰也不認得你是老幾。快站開些，別在這兒礙手礙腳！」轉頭向孫伏虎道：「大師哥，咱哥兒倆勝敗未分，再來吧。」左步踏出，單刀平置腰際，便欲出招。

那女郎道：「這一招『橫身攔腰斬』，虛步踏得太實，凝步又站得不穩，目光不看對手，卻斜過來瞧著我。錯了，錯了！單刀又提得太高，該再垂下二寸才對！」孫伏虎、尉遲連、楊賓三人都是一怔，心想：「這幾句話對門對路，正如當日師父教招的說話，莫非她真會六合刀法？」

何思豪聽那女郎與尉遲連對答，一直默不作聲，這時插口說道：「姑娘來此有何貴幹？尊師是那一位？」那女郎不答他問話，反問：「今日少林韋陀門選立掌門，是也不是？」何思豪道：「是啊！」那女郎又道：「只要是本門中人，誰的武功最強，誰便執掌門派，旁人不得異言，是也不是？」何思豪道：「正是！」那女郎道：「很好！我今日正是要來做韋陀門的掌門人。」

眾人見她臉色鄭重，說得一本正經，不禁愕然相顧。

何思豪見這女郎生得美麗，起了一番惜玉憐香之意，笑道：「姑娘若也練過武藝，待會請你演一路拳腳，好讓大家開開眼界。現下先讓他們三位師兄弟分個高低如何？」

那女郎哼了一聲，道：「他們不必再比了，一個個跟我比便是。」她手指韋陀門的一名弟子，說道：「把刀借給我一用。」她雖年輕纖弱，但說話的神態中自有一股威嚴，竟令人不易抗拒。那弟子稍一遲疑，將刀遞了過去，可是他並非倒轉刀柄，而是刀尖向著女郎。

那女郎伸出兩指，輕輕挾住刀背，輕輕提起，一根小指微微翹出，倒似是閨中刺繡時的蘭花手一般。她兩指懸空提著單刀，冷然道：「是兩位一起上麼？」

楊賓自來瞧不起女子，心想好男不與女鬥，我堂堂男子漢，豈能跟娘兒們動手？何況這女郎瘋瘋顛顛，倒有幾分邪門，還是別理她爲妙，便提刀退開，說道：「大師哥，你打發了她吧！」孫伏虎也自猶豫，道：「不，不……」

他一言未畢，那女郎叫道：「燕子掠水！」右手兩根手指鬆開，單刀下掉，手掌一沉，已抓住了刀柄，左手扶著右腕，刃口自下向上掠起，左手成鉤，身子微微向後一坐。這一刀正是韋陀門正宗的六合刀法。

孫伏虎料不到她出招如此迅捷，但這一路刀法他浸淫二十餘年，已練得熟到無可再熟，當下還了一招「金鎖墜地」。那女郎道：「關平獻印。」翻轉刀刃，向上挺舉。按理她既使了「燕子掠水」單刀自下向上，那麼接下去的第二招萬萬不該再使「關平獻印」，又再自下向上。那知她這一招刀身微斜，舉刀過頂，突然生出奇招，刃口陡橫。孫伏虎嚇了一跳，急忙低頭。那女郎又叫：「鳳凰旋窩！」左手倏出，在孫伏虎手腕上一擊，單刀向下急斬。

只聽噹的一聲，孫伏虎單刀落地，女郎的單刀卻已架在他頸中。旁觀衆人「啊」的一下，齊聲驚呼，眼見她揮刀急斬，孫伏虎便要人頭落地。那知這一刀疾揮而下，勢道極猛，卻忽地收住，刃口剛好與他頭頸相觸，連頸皮也不劃破半點。這手功夫當眞匪夷所思。

胡斐只瞧得心中怦怦亂跳，自忖要三招之內打敗孫伏虎並不爲難，但最後一刀勁力拿揑如此之準，輕重不差厘毫，自己只怕尚有不及。廳上衆人之中，本來只他一人心知那女郎武功了得，但經此三招，人人撟舌不下。

孫伏虎頭頸低沉，要避開刃鋒，豈知女郎的單刀順勢跟落。孫伏虎本已彎腰低頭，此時額角幾欲觸地，猶似向那女郎磕頭。他空有一身武功，利刃加頸，竟半分動彈不得。那女郎向衆人環視一眼，收起單刀，緩緩問道：「你練過『鳳凰旋窩』這招沒有？」孫伏虎站直身子，低頭道：「練過。」心想：「這一招我生平不知使過幾千幾萬遍，但從來沒這般用法。」驚疑之下，心中亂成一片，提刀退開。

楊賓見那女郎三招便將大師兄制服，突起疑心：「莫非大師兄擺下詭計，要奪掌門，故意跟這女子串通了來裝神裝鬼？」越想越對，大聲質問：「大師哥，你三招便讓了人家，那是甚麼意思？我韋陀門的威名也不顧了嗎？」孫伏虎驚魂未定，也不知怎地胡裏胡塗的便讓人家制在地下，一時無言可答，只結結巴巴的道：「我……我……」楊賓怒道：「你甚麼？」提刀躍出，戟指喝道：「你這……」

只說了兩個字，眼前突然白光閃動，那女郎的單刀自下而上掠了過來，她刀法太快，難以瞧得清楚，依稀似是一招「燕子掠水」，楊賓忙亂之中，順手還了一招「金鎖墜地」，這是他在師門中練熟了的套子。那女郎不等雙刃相交，單刀又即一舉，變爲「關平獻印」，跟著斜刀橫出。楊賓嚇了一跳，大叫道：「鳳凰旋窩。」語聲未畢，手腕一麻，手中單刀落地，對方的鋼刀已架在自己頸上。

那女郎這三招與適才對付孫伏虎的刀法一模一樣，重複再使，人人瞧得清楚，只出手更快，更加令人猝不及防，而這一刀斬下，離地不到三尺，楊賓的額頭幾欲觸地。

那女郎冷然道：「服不服了？」楊賓滿腔怒火，大聲道：「不服。」那女郎手上微微使勁，刀刃向下稍壓。楊賓極是強項，心道：「你便將我腦袋斬下，我額頭也不點地。」一頭頸反而一挺。

那女郎無意傷他性命，將單刀稍稍提起，問道：「你要怎地才肯服了？」楊賓心想她的刀法有些邪門，但眞實武功決計不能勝我，大聲道：「你有膽子，就跟我比槍。」

那女郎道：「好！」收起單刀，向借刀的弟子拋了過去，說道：「我瞧瞧你的六合槍法練得如何？」楊賓跳起身來，他臉色本紅，這時盛怒之下，更脹得猶似紫醬一般，大叫：「快取槍來，快取槍來！」一名弟子到練武廳去取了一柄槍來。楊賓大怒若狂，反手便是個耳括子，罵道：「這女人要和我比槍法，你沒聽見麼？」這弟子給他一巴掌打得昏頭昏腦，一時會不過意來。另一名弟子怕師父再伸手打人，忙道：「弟子去再拿一把。」一奔入內堂，又取了一把槍來。

那女郎接過長槍，說道：「接招吧！」提槍向前送出，使的是一招「四夷賓服」。這是六合槍中最精妙的招數，稱爲二十四式之首，其中妙變繁富，乃中平槍法。

胡斐精研單刀拳腳，對其餘兵刃均不熟悉，向那中年武師望了一眼，目光中含有請教之意。這武師武功平平，但跟隨萬老拳師多年，對六合門的器械拳腳卻看得多、聽得多了，於是背誦歌訣道：「中平槍，槍中王，高低遠近都不妨；去如箭，來如線……」

他歌訣尚未背完，楊賓已還了一招。那女郎槍尖向下壓落。那武師道：「這招『美人認針』，招數也只平平，她槍法只怕不及楊師兄……」突見那女郎雙手捺落，槍尖向下，已將楊賓的槍頭壓住，正是六合槍法中的「靈貓捕鼠」。這一招稱爲「無中生有槍」，乃是從虛式之中，變出極厲害的家數。只三招之間，楊賓又已受制。他力透雙臂，吼聲如雷，猛力舉槍上崩。那女郎提槍微抖，喀的一聲響過，楊賓槍頭已遭震斷。那女郎槍尖翻起，指上他小腹，輕聲道：「怎麼？」

衆人的眼光一齊望著楊賓，但見他豬肝般的臉上倏地血色全無，慘白如紙，身子顫動，啪的一聲，摔手抛落槍桿，叫道：「罷了，罷了！」轉身向外急奔。他一名弟子叫道：「師父，師父！」追近身去。楊賓飛腿將弟子踢了個觔斗，頭也不回的奔出大門去了。

大廳上衆人驚訝莫名。這女郎所使刀法槍法，確是韋陀門正宗武功。孫伏虎與楊賓都是韋陀門中好手，但不論刀槍，都不過三招，便給她制得更無招架餘地。

尉遲連早收起了對那女郎的輕視之意，心中打定了主意，抱拳上前，說道：「姑娘武功精妙絕倫，在下自然不是對手，不過……」那女郎秀眉微蹙，道：「你話兒很多，我也不耐煩聽。你如口服心服，便擁我爲掌門，倘若不服，爽爽快快的動手便是。」尉遲連臉上微微一紅，心道：「這女子手上辣，口上也辣得緊。」便道：「我師兄師弟都已服輸，在下不獻獻醜是不成的了……」

那女郎截住他話頭，道：「好，你愛比甚麼？」尉遲連道：「韋陀門自來向稱拳刀槍三絕……」那女郎也眞爽快，將大槍一抛，道：「唔，那你是要比拳腳了，來吧！」尉遲連道：「咱們正宗的六合拳是不用比了，我自然和姑娘差得遠，在下想請教一套赤尻……」那女郎臉色更是不豫，道：「哼，你精研赤尻連拳，那也成！」右掌一起，便向他肩頭琵琶骨上斬落。

這「赤尻連拳」也是韋陀門的拳法之一，以六合拳爲根基，以猴拳爲形，乃一套近身纏鬥的小擒拿手法，每一招不是拿抓勾鎖，便是點穴打穴。尉遲連見她刀槍招數厲害，自恃這套赤尻連拳練得極熟，心想她武功再強，小姑娘膂力總不及我，何況貼身近戰，女孩兒家有許多顧忌之處，自己便可乘機取勝。

那女郎明白他心意，一起手便出掌而斬。尉遲連左手揮出，想格開她右掌，順手回點肩井穴。那女郎手腕竟不與他相碰，手掌稍轉，指頭已偏向左側，逕點他左胸穴道。尉遲連大喜，右掌回格，左手拿向她腰間。那女郎右腿突然從後繞過自己左腿，從左邊踢將出來，砰的一腿，將他踢得直飛出去，摔在天井石板上，臉上鮮血直流。那女郎使的招式正是赤尻連拳，但竟不容他近身。三名師兄弟之中，倒是這尉遲連受傷見血。

何思豪見那女郎武功高強，心中甚喜，滿滿斟了一杯酒，恭恭敬敬的送過去，說道：「姑娘藝壓當場，即令萬老拳師復生，也未必有如此高明武功。姑娘今日出任掌門，眼見韋陀門大大興旺。可喜可賀。」

那女郎接過酒杯，正要放到口邊，廳角忽有一人怪聲怪氣的說道：「這位姑娘是韋陀門的麼？我看不見得吧。」那女郎轉頭往聲音來處看去，只見人人坐著，隔得遠了，不知說話的是誰，冷笑道：「那一位不服，請出來說話。」

隔了片刻，廳角中寂然無聲。何思豪道：「咱們話已說明在先，掌門人一席憑武功而定。這位姑娘使的是韋陀門正宗功夫，刀槍拳腳，大家都親眼見到了，可沒一點含糊。本門弟子之中，有誰自信勝得過這位姑娘的，儘可上來比試。兄弟奉福大帥之命，邀請天下英雄豪傑進京，邀到的人武藝越高，兄弟越有面子，這中間可決無偏袒啊。」說著乾笑了幾聲。

他見無人接口，向那女郎道：「眾人既無異言，這掌門一席，自然是姑娘的了。武林之中，各門各派的掌門人兄弟也見過不少，可是從無一位如此年輕，如此美……咳咳，如此年輕之人，當眞是英雄出在年少，有志不在年高。咱們說了半天話，還沒請教姑娘尊姓大名呢。」

那女郎微一遲疑，想要說話，卻又停口，何思豪道：「韋陀門的弟子，今天到了十之八九，待會便要拜見掌門，姑娘的大名，他們可不能不知啊。」那女郎點頭道：「說的是。我姓袁……名叫……名叫紫衣。」何思豪武功平平，卻見多識廣，瞧她說話神情，心想這未必是眞名，她身穿紫衫，隨口便謅了「紫衣」兩字，但也不便說破，笑道：「袁姑娘便請上座，我這首席要讓給你才是呢。」

按照禮數，何思豪既是來自京師的武官，又是韋陀門的客人，袁紫衣便算接任掌門，也得在末座主位相陪。但她毫不謙遜，見何思豪讓座，當即大模大樣的在首席坐下。

忽聽廳角中那怪聲怪氣的聲音哭了起來，一面哭，一面說道：「韋陀門當年威震武林，今日卻怎地如此衰敗？竟讓一個乳臭未乾的女娃娃上門欺侮啊！哦哦，哇哇哇！」他哭得眞情流露，倒似不是有意譏嘲。

袁紫衣大聲道：「你說我乳臭未乾，出來見過高低便了。」這一次她瞧清楚了發話之人，是個六十來歲的老者，身形枯瘦，留著一撇鼠尾鬚，頭戴瓜皮小帽，腦後拖著一根稀稀鬆鬆的小辮子，頭髮已白了九成。他伏在桌上，號啕大哭，叫道：「萬鶴聲啊萬鶴聲，人家說你便死而復生，也敵不過這位如此年輕、如此美貌的姑娘，當眞是佳人出在年少，貌美不可年高啊。」

他最後這幾句話，顯是譏刺何思豪的了。廳中幾個年輕人忍不住笑出聲來。只聽這老者又哭道：「武林之中，各門各派的英雄好漢兄弟也見過不少，可從沒見過如此不要臉的官老爺啊！」眾人聽了，廳上羣情聳動，人人知他是正面向何思豪挑戰了。

何思豪如何忍得，大聲喝道：「有種的便滾出來，鬼鬼祟祟的縮在屋角裏做烏龜麼？」那老者仍放聲而哭，說道：「兄弟奉閻羅王之命，邀請官老爺們到陰世大會，邀到的人官兒做得越大，兄弟越有面子啊。」何思豪霍地站起，向廳角急奔過去，左掌虛晃，右手便往老者頭頸裏抓去。那老者哭聲不停，突然一道黑影從廳角裏直飛出來，砰的一聲，摔在當地，正是何思豪，雙手雙腳上挺，舞動不已，一時爬不起身。眾人都沒瞧明白他是如何摔的。另一名侍衛見同伴失利，拔出腰刀搶上前去，廳上登時亂了，但見黑影一晃，風聲響處，這侍衛又砰的一聲摔在席前。

胡斐一直在留神那老者，見他摔跌這兩名侍衛手法乾淨利落，使的便是尉遲連與袁紫衣適才過招的「赤尻連拳」，看來這老者也是韋陀門的，只他武功高出尉遲連何止倍蓰，定是他們本門的高手。他對清廷侍衛素無好感，何況這二人與鳳天南狼狽為奸，見這二人摔得狼狽，隔了好一陣方才爬起，心中暗自高興。

袁紫衣見到了勁敵，離席而起，說道：「閣下有何見教，請爽爽快快的說吧，我可見不得人裝神弄鬼。」言語中多了幾分禮貌。那老者從廳角裏緩緩走出來，臉上仍是一把眼淚、一把鼻涕。袁紫衣見他面容枯黃，顴骨高起，雙頰深陷，倒似是個陳年的癆病鬼，但雙目炯炯有神，當下不敢怠慢，凝神以待。

那老者不再譏刺，正色說道：「姑娘，你不是我門中人。韋陀門跟你無冤無仇，你何苦來拆這個檔子？」袁紫衣道：「難道你便是韋陀門的？請問前輩高姓大名？」那老者道：「我姓劉，名叫劉鶴眞。『韋陀雙鶴』的名頭你聽見過麼？我若不是韋陀門的，怎能與萬鶴聲合稱『韋陀雙鶴』？」

「韋陀雙鶴」這四個字，廳上年歲較大之人倒聽見過的，但大半只認得萬鶴聲，都知他為人任俠好義，江湖上聲名甚好，另一隻「鶴」是誰，就不大了然。這時聽這個老頭兒自稱是「雙鶴」之一，又親眼見他一舉手便將兩名侍衛打得動彈不得，一時羣相注目，竊竊私議。只是誰都不知他底細，也說不出一個所以然來。

韋陀門的大弟子孫伏虎大聲道：「這位是我們的前輩劉師伯！」

袁紫衣搖頭道：「甚麼雙鶴雙鴨，沒聽見過。你想要做掌門，是不是？」劉鶴眞道：「不是，不是，千萬不可冤枉。我是師兄，萬鶴聲是師弟。我要做掌門，當年便做了，何必等到今日？」袁紫衣小嘴一扁，道：「哼，胡說八道，誰信你的話？那你要幹甚麼？」劉鶴眞道：「第一，韋陀門的掌門，該由本門眞正的弟子來當。第二，不論誰當掌門，不許趨炎附勢，到京裏結交權貴。我們是學武的粗人，鄉巴老兒，怎配跟官老爺們交朋友哪？」他一雙三角眼向衆人橫掃了一眼，說道：「第三，以武功定掌門，這話先就不通。不論學文學武，都是人品第一。如果一個卑鄙小人武功最強，大夥兒也推他做掌門麼？」此言一出，人羣中便有許多人暗暗點頭，覺他雖行止古怪，形貌委葸，說的話倒挺有道理。

袁紫衣冷笑道：「你這第一、第二、第三，我一件也不依，那便怎樣？」劉鶴眞道：「那又能怎樣了？只好讓老傢伙幾根枯瘦精乾的老骨頭，來挨美貌姑娘雪白粉嫩的拳頭了！」

胡斐見二人說僵了便要動手，他遊俠江湖，數見清廷官吏欺壓百姓，橫暴貪虐，素來恨惡，見劉鶴眞折辱清廷侍衛，言語中頗有正氣，暗暗盼他得勝。只是那紫衣少女出手敏捷，實是個厲害好手，生怕劉鶴眞未必敵得她過。

袁紫衣神色傲慢，冷然問道：「你要比拳腳呢，還是比刀槍？」劉鶴眞道：「姑娘既自稱是少林韋陀門弟子，咱們就比韋陀門的鎭門之寶。」袁紫衣道：「甚麼鎭門之寶？說話爽爽快快，我最討厭兜著圈子磨耗。」劉鶴眞仰天打個哈哈，道：「連本門的鎭門之寶也不知道，怎能擔當掌門？」

袁紫衣臉上微露窘態，但這只是一瞬間之事，立即平靜如恆，說道：「本門武功博大精深，練到最高境界，即令是最平常的一招一式，也能稱雄天下。六合拳也好，六合刀也好，六合槍也好，那一件不是本門之寶？」

劉鶴眞不禁暗自佩服，她明明不知本門的鎭門之寶是甚麼武功，然而這番話冠冕堂皇，令人難以辯駁，想來本門弟子人人聽得心服，左手摸了摸上唇焦黃的髫髭，說道：「好吧，我教你一個乖。本門的鎭門之寶，乃天罡梅花樁。你總練過吧？」

袁紫衣冷笑道：「嘿嘿，這算甚麼寶貝了？我也教你一個乖。武功之中，越是大路平實，越貴重有用。甚麼梅花樁，尖刀陣，這些花巧把式，都是嚇唬人、騙孩子的玩意兒。你在荒山野嶺遇上了敵人，幾十個人騎馬掄刀要殺你，你叫他們先在地下插起了梅花樁、擺好了桃花陣，再來打個明白嗎？不過不跟你試試，諒你心中不服。你的梅花樁擺在那兒？」

劉鶴眞拿起桌上一隻酒碗，仰脖子喝乾，隨手往地下一摔。衆人都是一怔，均想這一下定是嗆啷一響，打得粉碎，那知他這一摔，勁力使得恰到好處，酒碗在地下輕輕滑過，下掉的力道登時消了，平平穩穩的合在廳堂的方磚上，竟絲毫無損。他一摔之後，隨即又拿起第二隻酒碗往地下摔去，雙手接連不斷，倘是空碗，便順手拋出，碗中如若有酒，不論是滿碗還是半碗，都先一口喝乾。

片刻之間，地下已佈滿了酒碗，三十六隻碗散置覆合。他摔碗的手法固巧勁驚人，而酒量也大得異乎尋常，這一番連喝連擲，少說也喝了十二三碗烈酒。但見他酒越喝得多，臉色越黃，身子一晃，輕飄飄縱出，右足虛提，左足踏在一隻酒碗的碗底，雙手一拱，說道：「領教。」

袁紫衣實不知這天罡梅花樁如何練法，但仗著輕功造詣甚高，並不畏懼，左足一點，也躍上了一隻酒碗的碗底。她逕自站在上首，雙手微抬，卻不發招，要先瞧對方如何出手，這才隨機應變，只是見了他摔出武官，以及擲酒碗這番巧勁，知他與孫伏虎等不可同日而語，已無半分輕敵之意。

劉鶴真右足踏上一步，右拳劈面向袁紫衣打到，正是六合拳「三環套月」中的第一式。袁紫衣見對方拳到，自食指以至小指，四指握得參差不齊，生出三片稜角，知道這三角拳法用以擊打人身穴道，此人自是打穴好手，左足斜退一步，踏上另一隻碗底，還了一招六合拳中的「裁錘」，右手握的也是三角拳。

劉鶴真見她身法、步法、拳法、外形，無一不是本門正宗功夫，但適才折服孫伏虎等三人，所使變化心法絕非本門所傳，只不過其中差異，若非本門的一流高手，卻也瞧不出來，心下甚感驚異，左足踏上，擊出一招「反躬自省」。這一拳以手背擊人，在六合拳中稱為「苦惱拳」，因拳法極難，練習之際苦惱異常，故有此名。

這苦惱拳練至具有極大威力，非十餘年以上功力不辦，袁紫衣無此修為，避難趨易，還了一招「捽手穿掌」，右手出捽碑手，左手出柳葉掌，那也是六合拳的正宗功夫。

兩人在三十六隻酒碗碗底之上盤旋來去，使的都是六合拳法。在這天罡梅花樁上動手過招，要旨是搶得中樁，將敵手逼至外緣，如是則一有機會，出手稍重，敵手無路可退，只有跌落樁下。劉鶴眞自幼便對這路武功深有心得，在這樁上已苦練數十年，左右進退，每一步踏下去實無分毫之差，數招之間，便已搶得中樁，當下拳力逐步加重。他知這少女年紀雖輕，武功實已得高人傳授，卻也不敢貿然進擊，心想只要守住中樁，便已穩操勝算。

袁紫衣與孫伏虎、楊賓等人動手，雖說是三招取勝，其實在第一招中已制敵機先，但此時在梅花樁上與劉鶴眞比拳，每一拳掌擊將出去，均遇到極重極厚的力道反擊。她足底踏的是酒碗，只要著力稍重，酒碗立破，這場比武便算輸了，因此上一沾即走，從無一招敢稍稍用老，見對方守得極穩，難以撼動，只得以上乘輕功點踏酒碗，圍著他身周遊動，只盼找到對手破綻。

兩人拆到三十餘招，一套六合拳法的招數均已使完，劉鶴眞瘦瘦的身形屹立如山，拳風漸響，顯見勁力正自加強。各門武功之中，均有樁上比武之法，樁子卻變異百端，或豎立木樁，或植以青竹，或疊積磚石，甚至以利刃插地，腳穿鐵鞋，再足踩刀尖，如這般在地下覆碗以代梅花樁，廳上眾武師均未見過，孫伏虎等也未曾得師父教過。劉鶴眞這三十六隻碗似乎散放亂置，並非整整齊齊的列成梅花之形，但其中自有規範，他早習練純熟，即使閉目而鬥，也一步不會踏錯。袁紫衣卻每一步都須先向地下望過，瞧定酒碗方位，這才出足。如此時候一長，拳腳上漸落下風。

劉鶴真心中暗喜，拳法漸變，右手三角拳著著打向對方身上各處大穴，左手苦惱拳卻以厚重之力，攔封橫鬥，使的全是截手法。袁紫衣眼見不敵，左手斗然間自掌變指，倏地向前刺出，竟是六合槍法中的「四夷賓服」。劉鶴真吃了一驚，不及思索，忙側身避過，豈知袁紫衣右手橫斬，出招是六合刀法中的一招「鉤掛進步連環刀」。劉鶴真想不到她拳法掌法竟會忽然變成槍法、刀法，微一慌亂，肩頭已給斬中。他肩頭急沉，於瞬息間將斬力卸去了八成，跟著還擊一拳。袁紫衣左手「白猿獻桃」自下而上削出，那是雙手都使刀法，看來她不但有單刀，且有雙刀了。

這一下掌刀斬至，劉鶴真再難避過，砰的一響，脅下中掌，身子一晃，跌下碗來。

胡斐在旁瞧得明白，心想這位武學高手如此敗於對方怪招之下，大是可惜，隨手抓起席上兩隻空酒碗，學著劉鶴真的手法，向地下斜摔過去。兩隻酒碗迅速異常的滑過，正好停在劉鶴真腳下。

劉鶴真這一跌下梅花樁來，只道已然敗定，猛覺得腳底多了兩隻酒碗，一怔之下，知有高人自旁暗助。眾人目光都集於相鬥的兩人，胡斐輕擲酒碗，竟沒一人留意。

袁紫衣以指化槍，以手變刀，出的雖仍是六合槍、六合刀功夫，但韋陀門中從無如此怪異招數。劉鶴眞驚疑不定，抱拳說道：「姑娘武功神妙，在下從所未見，敢問姑娘是那一門那一派高人所授？」袁紫衣道：「哼，你硬不認我是本門中人。也罷，倘若我只用六合拳勝你，那便怎地？」

劉鶴眞正要她說這句話，恭恭敬敬的答道：「姑娘如眞用本門武功折服在下，那是光大本門的天大喜事。小老兒便跟姑娘提馬鞭兒，也所甘願。」他適才領教了袁紫衣的武功，狂傲之氣登歛，跟著轉頭向胡斐那方位拱手說道：「小老兒獻醜。」這一拱手是相謝胡斐擲碗之德，他雖不知援手的是誰，但知這兩隻酒碗是從該處擲來。

袁紫衣當劉鶴眞追問她門派之時，已想好了勝他之法，見劉鶴眞抱拳歸一，踏步又搶中樁，當即出一招「滾手虎坐」，使的果然是六合拳正路武功。

數招一過，劉鶴眞又漸搶上風。此時他出拳抬腿之際，比先前又加了幾分小心謹愼，生怕她在拳招之中再起花樣。拆得數招，見對方拳法無變，略感寬慰，眼見她使的是一招「打虎式」，當即右足向前虛點，出一招「烏龍探海」，突覺右腳下有些異樣，眼光向下一瞥，不由得失驚。只見本來合覆著的酒碗，不知如何竟已轉而仰天。幸好他右足只是虛點，這一步若踏實了，勢必踏在碗心，酒碗固然非破不可，同時失足前衝，焉得不敗？

他急忙半空移步，另踏一碗，身子晃動，背上已出了一身冷汗。斜眼看時，只見袁紫衣左足提起時將酒碗輕輕帶起，也不明她足底如何使勁，放下時酒碗已翻了過來。她左足順勢踏在碗口，右足提起，又將另一隻酒碗翻轉，這一手輕功自己如何能及？心想：「只有急使重手，乘著她未將酒碗盡數翻轉，先將她打下樁去。」當下催動掌力，加快進逼。

那知袁紫衣不再與他正面對拳，只來往遊走，身法快捷異常，在碗口上一著足立即換步，竟無霎時之間停留，片刻之間，已將三十八隻酒碗翻了三十六隻，只剩下劉鶴真雙腳所踏的兩隻尚未翻轉。若不是胡斐適才擲了兩隻碗過去，他是連立足之處也沒有了。

當此情勢，劉鶴真只要一出足立時踏破酒碗，只有站在兩隻酒碗之上，不能移動半步，呆立少時，臉色淒慘，說道：「是姑娘勝了。」舉步落地，臉色更黃得宛如金紙一般。袁紫衣大是得意，問道：「這掌門人是讓我做了吧？」劉鶴真黯然道：「小老兒服了姑娘啦，但不知旁人有何話說？」

袁紫衣正要發言詢問眾人，忽聽得門外馬蹄聲急促異常，向北疾馳。

聽這馬蹄落地之聲，世間除自己白馬之外，更無別駒，她臉色微變，搶步出門，只見楓林邊轉過一匹白馬，便是自己的坐騎，馬背上騎著個灰衣男子，正是自己偷了他包袱的胡斐。她縱聲大叫：「偷馬賊，快停下！」

胡斐回頭笑道：「偷包賊，咱們掉換了吧！」說著哈哈大笑，策馬急馳。

袁紫衣大怒，提氣狂奔。她輕功雖了得，卻怎及得上這匹日行千里的快馬？奔了一陣，但見人馬的影子越來越小，終於再也瞧不見了。

這一個挫折，將她連勝韋陀門四名好手的得意之情登時消得乾乾淨淨。她心下氣惱，卻又奇怪：「這白馬大有靈性，怎能容這小賊偷了便跑，毫不反抗？」她不知胡斐的輕功及手勁、腿勁均強，雖未練過騎術，但一騎上馬背，白馬自然受其控縱，不作反抗。

她奔出數里，來到一個小鎮，知道再也趕不上白馬，要待找家茶鋪喝茶休息，忽聽得鎮頭一聲長嘶，聲音甚熟，正是白馬的叫聲。她急步趕去，轉了個彎，但見胡斐騎著白馬，回頭向她微笑招手。袁紫衣大怒，拾起一塊石子，向他背心投擲過去。胡斐除下頭上帽子，反手將石子兜在帽中，笑道：「你肯還我包袱嗎？」袁紫衣縱身向前，要去搶奪白馬，忽聽得呼的一響，一件暗器來勢勁急，迎面擲將過來。

她伸左手接住，正是自己投過去的那塊石子，就這麼緩得一緩，只見胡斐雙腿一夾，白馬奔騰而起，倏忽已在十數丈外。

袁紫衣怒極，心想：「這小子如此可惡。」她不怪自己先盜人家包袱，卻惱他兩次戲弄，只恨白馬腳程太快，否則追上了他，奪還白馬不算，不狠狠揍他一頓，也真難出心頭之氣。只見一座屋子簷下繫著一匹青馬，她不管三七二十一，奔過去解開韁繩，飛身而上，向胡斐的去路疾追，待得馬主驚覺，大叫大罵的追出來時，她早去得遠了。

袁紫衣雖有坐騎，但說要追上胡斐，卻是休想，一口氣全出在牲口身上，不住的亂鞭亂踢。那青馬其實已竭盡全力，她仍嫌跑得太慢。馳出數里，青馬呼呼喘氣，漸感不支。將近一片樹林，只見一棵大松樹下有一件白色之物，待得馳近，卻不是那白馬是甚麼？

她心中大喜，但怕胡斐安排下詭計，引自己上當，四下張望，不見此人影蹤，這才縱馬往松樹下奔去。離那白馬約有數丈，突見松樹上一人落了下來，正好騎在白馬背上，哈哈大笑，說道：「袁姑娘，咱們再賽一程。」這時袁紫衣那再容他逃脫，雙足在馬鐙上一撐，身子斗地飛起，如一隻大鳥般向胡斐撲了過去。

胡斐料不到她竟敢如此行險，凌空飛撲，自己倘若揮刀出掌，她在半空如何能避？當即一勒馬韁，要坐騎向旁避開。豈知白馬認主，低聲歡嘶，非但不避，反而迎上兩步。袁紫衣在半空中右掌向胡斐頭頂擊落，左手往他肩頭抓去。胡斐一生之中，從未和年輕女子動過手，這次盜她白馬，一來認得是趙半山的坐騎，要問她個明白，二來怪她盜去自己包袱，顯有輕侮之意，要小小報復一下，見她當眞動手，不禁臉上一紅，側身躍離馬背，從她身旁掠過，已騎上了青馬。

二人在空中交錯而過。胡斐右手伸出，潛運指力，扯斷她背上包袱的繫繩，已將包袱提過。袁紫衣奪還白馬，餘怒未消，又見包袱給他搶回，叫道：「小胡斐，你怎敢如此無禮？」胡斐一驚，問道：「你怎知我名字？」袁紫衣小嘴微扁，冷笑道：「趙三叔誇你英雄了得，我瞧也稀鬆平常。」

胡斐聽到「趙三叔」三字，不禁大喜，忙道：「你識得趙半山趙三哥麼？請問他在那裏？」袁紫衣俏臉上更增了一層怒色，喝道：「姓胡的小子，你敢討我便宜？」胡斐愕然道：「我討甚麼便宜了？」袁紫衣道：「怎麼我叫趙三叔，你便叫趙三哥，這不是想做我長輩麼？」胡斐自小生性滑稽，伸了伸舌頭，笑道：「不敢！你當眞叫他趙三叔？」袁紫衣道：「難道騙你了？」胡斐將臉一扳，道：「好，那我便長你一輩。你叫我胡叔叔吧，喂，紫衣，趙三哥在那裏啊？」

袁紫衣卻從來不愛旁人開她玩笑，她雖知胡斐與趙半山義結兄弟，乃千眞萬確之事，但見他年紀與自己相若，卻老起臉皮與趙半山稱兄道弟，強居長輩，更是有氣，唰的一聲，從腰間抽出一條軟鞭，喝道：「這小子胡說八道，看我教訓你。」

她這條軟鞭乃銀絲纏就，鞭端有一枚小小金球，模樣美觀。她將軟鞭在空中揮了個圈子，太陽照射之下，金銀閃燦，變幻奇麗。她本想下馬和胡斐動手，但一轉念間，怕胡斐詭計多端，又要奪馬，催馬上前，揮鞭往胡斐頭頂擊落。這軟鞭展開來有一丈一尺長，繞過胡斐身後，鞭頭彎轉，金球逕自擊向他背心上的「大椎穴」。

胡斐上身彎落，伏在馬背，料得依著軟鞭來勢，鞭子必在背脊上掠過。猛聽得風聲有異，知道不妙，忙左手抽出單刀，不及回頭瞧那軟鞭，立即揮刀砍出，噹的一聲，單刀與金球相撞，將袁紫衣的軟鞭盪了開去。

原來她軟鞭掠向胡斐背心，跟著手腕一沉，金球忽地轉向，打向他右肩的「巨骨穴」。她見胡斐伏在馬背，只道這一下定然打中他穴道，要叫他立時半身痲軟。那知他聽風出招，竟似背後生了眼睛，刀鞭相交，只震得她手臂微微痠痲。

胡斐抬起頭來，嘻嘻一笑，心中卻驚異這女郎的武功好生了得，她以軟鞭鞭梢打穴，已是武學中難得的功夫，何況中途變向，將一條又長又軟的兵刃使得宛如手指一般，擊打穴道，竟無厘毫之差，同時暗自慶幸，幸好她打穴功夫極其高強，自己才不受傷。

他雖見袁紫衣連敗韋陀門四好手，武功高強，但仍道她藝不如己，對招之際，不免存了三分輕視之心，豈知她軟鞭打穴，過背迴肩，著著大出於自己意料之外。適才反手這一刀，料定她是擊向自己巨骨穴，這才得以將她鞭梢盪開，但如她技藝略差，打穴稍有不準，這一刀自砍不中她鞭梢，那麼自己背上便會重重吃上一下，雖不中穴道，一下劇痛勢必難免。

袁紫衣見他神色自若，實不知他心中已大為吃驚，不由得微感氣餒，長鞭在半空中一抖，吧的一聲爆響，鞭梢又向他頭上擊落。

胡斐心念一動：「我要向她打聽趙三哥消息，這姑娘性兒高傲，料來她若不佔些便宜，怎肯明白跟我說出？瞧在趙三哥面上，說不得便讓她一招。」見鞭梢堪堪擊到頭頂，將頭向左一讓，這一讓方位是恰到好處，時刻卻略遲一霎之間，但聽得波的一聲，頭上帽子已給鞭梢捲下。胡斐雙腿一夾，縱馬竄開丈許，還刀入鞘，回頭笑道：「姑娘軟鞭神技，胡斐佩服得很。請問趙三哥他身子可好？他眼下是在回疆呢還是到了中原？」

他如眞心相讓，袁紫衣勝了這一招，心中一得意，說不定便將趙半山的訊息相告。偏生他年少氣盛，也是個極好勝之人，這一招讓是讓了，卻讓得太過明顯，待她鞭到臨頭，方才閃避，而帽子遭捲，臉上不露絲毫羞愧之色，反含笑相詢，直有點長輩戲耍小輩模樣。袁紫衣一眼看出，冷然道：「你故意相讓，當我不知麼？帽子還你吧！」說著長鞭輕輕一抖，捲著帽子往他頭上戴去。

胡斐心想：「她若能用軟鞭給我戴上帽子，這分功夫可奇妙得緊。我如伸手去接，不免阻了她興頭。」於是含笑不動，瞧她是否眞能將這丈餘長的銀絲軟鞭，運用得如臂使手。但見鞭梢捲著帽子，順著他胸口從下而上兜將上來，將與他臉平之時，鞭尾一軟，帽子下落。

胡斐忙伸手去接，突見眼前金光閃動，心知不妙，只聽啪的一響，眼前金星亂冒，半邊臉頰奇痛透骨，已給軟鞭擊中。他立即右足力撐，左足一鬆，從左方鑽到了馬腹之下，但聽得啪的一響，木屑紛飛，馬鞍已給軟鞭擊得粉碎，那馬吃痛哀嘶。

胡斐在馬腹底避過她這連環一擊，順勢抽出單刀，待得從馬右翻上馬背，單刀已從左手交向右手，右頰兀自劇痛，伸手一摸，只見滿手鮮血，這一鞭打得著實不輕。

袁紫衣冷笑道：「你還敢冒充長輩麼？我這一鞭若不是手下留情，不打下你十七八顆牙齒才怪。」這句話倒非虛語，她偷襲成功，這一鞭倘眞使上全力，胡斐顴骨非碎裂不可，右邊牙齒也勢必盡數打落，但饒是如此，已是他藝成以來從所未有之大敗，不由得怒火直衝，圓睜雙目，舉刀往她肩頭直斫。

袁紫衣微感害怕，知對手實非易與，這一次他吃了大虧，動起手來定然全力施爲，當下舞動長鞭，將胡斐擋在兩丈之外，要教他欺不近身來。

就在此時，只聽得大路上鑾鈴響動，三騎馬緩緩馳來。騎者見到有人動手，一齊駐馬而觀。胡斐和袁紫衣同時向三人望了一眼，只見兩個穿的是清廷侍衛服色，中間一人穿的是常服，身材魁偉，約莫四十來歲年紀。

鞭長刀短，兵刃上胡斐先已吃虧，何況他騎的又是一匹受了傷的劣馬。袁紫衣的坐騎卻神駿無倫，她騎術又精，竟似從小便在馬背上長大一般，因此拆到十招以外，胡斐仍欺不近身。

他刀法一變，正要全力搶攻，忽聽得一名侍衛說道：「這女娃子模樣兒既妙，手下也很來得啊。」另一名侍衛笑道：「曹大哥你如瞧上了，不如就伸手要了，別讓這小子先得了甜頭。」那姓曹的侍衛哈哈大笑。

胡斐惱這兩人出言輕薄，怒目橫了他們一眼。袁紫衣乘隙揮鞭擊到，胡斐頭一低，從軟鞭底下鑽進，搶前數尺。只見袁紫衣纖腰一扭，白馬猛地向左疾衝。

這一下去勢極快，但見銀光閃爍，那姓曹的侍衛肩上已重重吃了一鞭。她迴鞭抽向胡斐頭頂，胡斐橫刀架開。白馬已在另一名侍衛身旁掠過，只見她素手伸出，已抓住那侍衛後頸「天柱穴」。白馬一衝之勢力道奇大，她並未使力，順手已將那侍衛拉下馬來，摔在地下。她也不回身，長鞭從肩頭甩過，向後抽擊第三個大漢。

這幾下兔起鶻落，迅捷無倫，胡斐心中不禁暗暗喝了聲采，心想這大漢雖未出一聲，但既與這兩名侍衛結伴同行，少不免也要受一鞭無妄之災。那知道這大漢只一勒馬頭，空手竟來抓她銀鞭的鞭頭。袁紫衣見他出手如鉤，竟是個勁敵，當即手腕一振，鞭梢甩起，冷笑道：「閣下可是去京師參與掌門人大會麼？」

那大漢一愕，問道：「姑娘怎知？」袁紫衣道：「瞧你模樣，稍稍有點兒掌門人味道。你叫甚麼名字，是那一門那一派的掌門？」這兩句話問得無禮，那大漢哼了一聲，並不理會。那姓曹的侍衛狼狽爬起，叫道：「藍師傅，教訓教訓這臭女娃子！」

袁紫衣腿上微微使勁，白馬斗地向那姓曹的侍衛衝去。白馬這一下突然發足，直教人出其不意。姓曹侍衛大駭，忙向左避讓，袁紫衣的銀鞭已打到背心。那大漢見情勢急迫，抽出腰中短劍，一招「攔腰取水四門劍」，以斜推正，將鞭梢撥開。

袁紫衣足尖點著踏鐙輕輕向後一推，白馬猛地後退數步。這馬疾趨疾退，竟同樣的迅捷。那大漢喝采：「好馬！」袁紫衣冷笑道：「原來閣下是八仙劍掌門人藍爺。」

這大漢正是廣西梧州八仙劍的掌門人藍秦，見這少女不過二十左右年紀，容色如花，雖出手迅捷，但能有多大江湖閱歷，怎地只見一招，便道出自己的姓名身分？他心中驚詫，卻也不禁得意，暗道：「藍某雖僻處南疆，竟連一個年輕少女也知我威名。」微微一笑，問道：「姑娘怎知在下姓名？」

袁紫衣道：「我正要找你，在這裏撞見，再好也沒有。」藍秦更感奇怪，心想我和你素不相識啊，問道：「姑娘高姓大名，找藍某有何指教？」袁紫衣道：「我叫你不用上京去啦，由我代你去便是。」藍秦更摸不著頭腦，問道：「此話怎講？」袁紫衣道：「哼，這還不明白？我叫你把八仙劍的掌門之位讓了給我！」

藍秦聽她言語無禮，不由得大爲惱怒，但適才見她連襲四人，手法巧妙之極，連自己也沒瞧淸，否則便能護住身旁侍衛，不讓他如此狼狽的摔下馬來。他生性謹細，心想她口出大言，必有所恃，便不發作，抱拳問道：「姑娘尊姓大名？令師是那位？」

袁紫衣道：「我又不跟你套交情，問我姓名幹麼？我師父的名頭更加不能說給你知。我師父曾跟你有一面之緣。如提起往事，我倒不便硬要你讓這掌門之位了。」

藍秦眉頭緊蹙，想不起相識的武林名宿之中，有那一位是使軟鞭的能手。

兩名侍衛一個吃了一鞭，一個給扯下馬來，自均惱怒已極。他們一向橫行慣了的，吃了這虧那肯就此罷休？兩人齊聲唿哨，一個乘馬，一個徒步，同時向袁紫衣撲去。兩人手中本來空著，當下一個拔刀，一個便伸手去抽腰中長劍。

袁紫衣軟鞭晃動，啪的一響，拔刀的侍衛右腕上已重重吃了一記。他手指抓住刀柄，但手腕劇痛入骨，再也無力拔出腰刀。袁紫衣這銀絲軟鞭又長又細，與一般軟鞭大不相同，一招打中那侍衛手腕，鞭梢毫不停留，快如電光石火般一吐，又已捲住了那姓曹侍衛的劍柄，順勢上提。這一下快得出奇，竟比他伸手握劍還搶先了一步。姓曹侍衛但見銀光閃爍，自己手指尚未碰到劍柄，劍已出鞘，大駭之下，忙揮手外甩，饒是如此，劍鋒已在他手掌心劃過，登時鮮血淋漓。

袁紫衣軟鞭抖動，長劍激飛上天，竟有數十丈高，她將軟鞭纏回腰間，便如紫衣外繫了一條銀色絲縧，旁人一瞥之下，那知這是一件厲害兵刃？她並不抬頭看劍，向藍秦問道：「你這掌門之位讓是不讓？」

藍秦正仰頭望著天空急落而下的長劍，聽她說話，隨口道：「甚麼？」袁紫衣道：「我請你讓這八仙劍掌門的位子。」這時長劍已落到她跟前，袁紫衣嘴裏說話，耳中聽風辨器，一伸手便抓住了劍柄。長劍從數十丈高處落將下來，勢道何等凌厲，何況這劍除劍柄外，通身是鋒利刃口，她竟眼角也沒斜一下，隨隨便便就抓住了劍柄。

這一手功夫不但藍秦大為震驚，連旁觀的胡斐也暗自佩服，心想：「她適才奪了少林韋陀門的掌門，何以又要奪八仙劍的掌門？」見她正當妙齡，武功卻如此了得，生平除趙半山外，從未見過如此武學高手，心中一生讚佩之意，臉上的鞭傷似乎也不怎麼疼痛了。

藍秦見她露了這手絕技，更加小心謹慎，想用言語套問她底細，說道：「姑娘這手聽風辨器的功天，似是山西佟家的絕藝啊。」袁紫衣一笑，道：「你眼光倒好。那麼我這手擲劍上天的功夫呢？」說著右手揮動，長劍又疾飛向天。這一次卻不是劍尖向上直昇，而是一路翻著觔斗，舞成個銀色光圈，冉冉上升，雖去勢緩了，但劍勢特異，蔚為奇觀。

藍秦抬頭觀劍，猛聽得風聲微動，身前有異，忙一個倒縱步竄開丈許，只見金光閃動，那姑娘銀絲軟鞭上的小金球剛從自己腰間掠過，若非見機得快，身上佩劍又已讓她搶去了。

袁紫衣知他武功高出兩個侍衛甚多，是以故意擲劍成圈，引開他目光，再突然出手搶劍，那知還是給他驚覺避開。她心中連叫可惜，藍秦卻已暗呼慚愧。他雄霸西南，門徒遍及兩廣雲貴，十年來從未遇到挫折，想不到這樣個黃毛丫頭竟如此輕侮於己，嚇的一聲，拔劍出鞘，叫道：「好，我便來領教姑娘高招。」

這時空中長劍去勢已盡，筆直下墮。袁紫衣軟鞭甩上，鞭頭捲住劍柄，倏地向前一送，長劍疾向藍秦當胸刺來。兩人相隔幾及兩丈，但一霎之間，劍尖距他胸口已不及一尺，就如一條丈許長的長臂抓住劍柄，突然向他刺到一般。這一招藍秦又是出乎不意，大驚之下，忙橫劍封擋。

袁紫衣叫道：「湘子吹簫！」藍秦這一招正是八仙劍法中的「湘子吹簫」。八仙劍在西南各省甚爲盛行，他想你識得我的招數有何希罕，要瞧你是否擋得住了，雙眉一揚，喝道：「是『湘子吹簫』便怎地？」袁紫衣道：「陰陽寶扇！」一語未畢，軟鞭捲著長劍，向他左胸右胸各刺一招，正是八仙劍的正宗劍法「漢鍾離陰陽寶扇」。

藍秦又是一驚，心想她會使八仙劍法並不出奇，奇在以軟鞭送劍，居然力透劍尖，刃直如矢，當下踏上一步，要待搶攻，心想她以軟鞭使劍，劍上力道虛浮，只消雙劍相交，還不將她長劍擊下地來。那知他提挺劍身，手勢剛起，還未出招，袁紫衣叫道：「釆和獻花！」忽地收轉軟鞭。此時鞭上勢道已完，長劍下落，她左手接過長劍，右手持鞭，笑吟吟的望著對手。

藍秦又給她叫破一招，暗想鞭長劍短，馬高步低，自己雙重不利，何況她怪招百出，一味戲耍糾纏，自己只要稍有疏神，著了她的道兒，豈非一世威名付於流水？當下按劍橫胸，正色說道：「如此兒戲，那算甚麼？姑娘倘若眞以八仙劍賜招，在下便奉陪走走。」袁紫衣道：「好，若不用正宗八仙劍法勝你，諒你也不甘讓那掌門之位。」說著躍下馬背，便在下馬之時，已將軟鞭纏回腰間。

藍秦劍尖微斜，左手揑個劍訣，使的是半招「鐵拐李葫蘆繫腰」，只待對手出劍，下半招立時發出。

袁紫衣長劍抖動，待要進招，回眸朝胡斐望了一眼，向藍秦道：「跟你比試一下，倒不打緊，我這寶馬可別讓馬賊盜了去。」胡斐道：「當你跟人動手之時，我不打你這馬的主意便是。」袁紫衣道：「哼，小胡斐詭計多端，誰信了他誰便上當。」左手拉住馬韁，嗤的一劍，金刃帶風，一招「張果老倒騎驢」斜斜刺出。

藍秦見她左手牽馬，右手使劍，暗想這是你自己找死，可怪不得旁人，當即「撥雲見日」、「仙人指路」、「魁星點元」，拆了一招卻還了兩劍。

袁紫衣見他劍招凌厲，臉上雖仍含微笑，心中卻立收輕視之意，暗想師父所言非虛，八仙劍法果是劍中一絕，此人使將出來，比我功力可深厚得多了，當下也以八仙劍法見招拆招。她左手拉著馬韁，既不能轉身搶攻，也難大縱大躍，自是諸多受制。但她門戶守得甚爲嚴密，藍秦卻也找不到破綻，見她所使劍法果是本門嫡派，不由得暗暗稱異，心想本門之中，甚麼時候竟出了這等人物？

鬥劍之處，正當衡陽南北來往的官道大路，兩人只拆得十餘招，南邊來了一隊推著小車的鹽販，跟著北邊大道上也來了幾輛騾車。衆商販見路上有人鬥劍，都停下觀看。不多時南北兩端又到了些行旅客商。衆人一來見鬥得熱鬧，二來畏懼兩個朝廷武官，都候在路上靜靜旁觀。

又鬥一陣，藍秦已瞧出對方雖學過八仙劍術，但劍法中許多精微奧妙之處，卻並未體會得到，只是她武功甚雜，每到危急之際，便突使一招似是而非的八仙劍法，將自己的殺著化解了，因此一時倒也無法取勝。他見旁觀者衆，對手非但是個少女，而且左手牽馬，顯是以半力與自己周旋，縱使跟她打成平手，也沒臉面上京參與掌門人之會了，催動劍力，將數十年來鑽研而得的劍術一招招使將出來。

旁觀衆人見他越鬥越勇，劍光霍霍，繞著袁紫衣身周急攻，不由得都爲那女郎擔心。只那兩名侍衛卻盼藍秦得勝，好代他們一雪受辱之恥。

袁紫衣久戰不下，一瞥眼間，見到胡斐臉上似笑非笑，似有譏嘲之意，心想：「好小子，你笑我來著，教你瞧瞧姑娘手段！」但這番鬥劍限於只使八仙劍，其餘武功都不能用，左手又牽著白馬，若放開馬韁，憑輕功取勝，那還是教胡斐小看了。她好勝心切，見藍秦招招力爭上風，自己劍勢已爲他長劍籠住，倏地左手向前輕推。那白馬極有靈性，受到主人指引，忽地前衝，人立起來，似要往藍秦的頭上踏落。

藍秦一驚，側身避讓，突覺手腕一麻，手中長劍已脫手飛上天空。他全神閃避馬蹄，竟沒防到手上遭了暗算。他在武林中雖不算得是一流高手，但數十年來事事小心，這才能長保威名，想不到一生謹愼，到頭來還是百密一疏，敗在一個少女手下。藍秦兵刃脫手，立時一個箭步，搶到自己坐騎之旁，又從鞍旁取出一柄長劍，此人做事把細之極，連兵器也多帶了一把，本來是備而不用，這時卻「備而要用」了。斗見白光耀眼，袁紫衣將手中長劍也擲上了天空，雙劍在空中相交，噹的一聲響，藍秦那柄劍竟在空中斷成兩截。

她這震劍斷刃的手法全是一股巧勁，否則雙劍在空中均無著力之處，如何能將純鋼長劍震斷？她使此手法，意在譁衆取寵，便如變戲法一般，料想旁人非喝采不可，這采聲一作，藍秦非惱怒不可，再鬥便易勝過他了。

果然旁觀衆人齊聲喝采。藍秦一呆之下，臉色大變。袁紫衣接住空中落下的長劍，分心刺到，叫道：「曹國舅拍板！」藍秦提劍擋格，噹的一響，長劍又自斷爲兩截。

這一下袁紫衣仍是取巧，她出招雖是八仙劍法，但雙劍相交之際，劍身微抖，已然變招。藍秦劍招落空，給她驀地凌空拍擊，殊無半點力道相抗，待得運勁，劍身早斷，拆穿了說，不過是他橫著劍身，任由對方斬斷而已。只袁紫衣心念如閃電，出招似奔雷，一計甫過，二計又生，叫他防不勝防。

旁觀衆人見那美貌少女連斷兩劍，又是轟雷似的一聲大采。

藍秦心下琢磨：「這女子雖未能以八仙劍法勝我，但她武功甚博，詭異百端，我再跟她動手也是枉然。」眼見她洋洋自得，翻身上了馬背，便拱手道：「佩服，佩服！」彎腰拾起三截斷劍，說道：「在下這便還鄉，終身不提劍字。只是旁人問起，在下輸在那一派那一位英雄豪傑劍底，卻教在下如何回答？」

袁紫衣道：「我姓袁名紫衣，至於家師的名諱嗎？……」縱馬走到藍秦耳旁，湊近身去，在他耳邊輕輕說了幾個字。藍秦一聽之下，臉色登變，臉上沮喪惱恨之色立消，變爲惶恐恭順，說道：「早知如此，小人如何敢與姑娘動手？姑娘見到尊師之時，便說梧州藍某向他老人家請安。」說著牽馬倒退三步，候在道旁。

袁紫衣在白馬鞍上輕輕一拍，笑道：「得罪了！」回頭向胡斐嫣然一笑，輕提馬韁。那白馬並沒跨步，斗然躍起，在空中越過了幾輛騾車，向北疾馳，片刻間已不見了影蹤。

大道上數十對眼睛一齊望著她背影。一人一馬早已不見，衆人仍呆呆的遙望。

袁紫衣一日之間連敗南方兩大武學宗派高手，這份得意之情，實難言宣，但見道旁樹木不絕從身邊飛快倒退，情不自禁，縱聲唱起歌來。只唱得兩句，突覺背上熱烘烘的有些異狀，忙伸手去摸，只聽轟的一聲，身上登時著火。這一來如何不驚？使招「乳燕投林」，從馬背飛身躍起，跳入道旁河中，背上火焰方始熄滅。她急從河中爬起，一摸背心，衣衫上已燒了個大洞，雖未著肉，但裏衣也已燒焦。

她氣惱異常，低聲罵道：「小賊胡斐，你這次的鬼計好不狠毒。」從衣囊中取出一件外衫，待要更換，一瞥間見白馬左臀上又黑又腫，兩隻大蠍子爬著正自吮血。袁紫衣大吃一驚，用馬鞭挑下蠍子，拾起一塊石頭砸得稀爛。這兩隻大蠍毒性厲害，馬臀上黑腫之處不住慢慢擴展。白馬雖然神駿，也已抵受不住痛楚，縱聲哀鳴，前腿曲跪，臥倒在地。

袁紫衣徬徨無計，口中只罵：「小賊胡斐，胡斐小賊！」顧不得更換身上濕衣，伸手想去替白馬擠出毒液。白馬怕痛，只是閃避。

正狼狽間，忽聽南方馬蹄聲響，三乘馬快步奔來，當先一人正是胡斐。銀光閃動，袁紫衣軟鞭在手，飛身迎上，揮鞭向胡斐夾頭抽去，罵道：「小賊，暗箭傷人，不要臉！」胡斐舉刀格開軟鞭，笑問：「我怎地暗箭傷人了？」

袁紫衣只覺手臂微微酸麻，心想這小賊武功果然不弱，倒不可輕敵，罵道：「你用毒物傷我坐騎，這不是下三濫的卑鄙行徑嗎？」胡斐笑道：「姑娘罵得很是，可怎知是我胡斐下的手？」

袁紫衣一怔，只見他身後兩匹馬上，坐的是那兩個本來伴著藍秦的侍衛。兩人垂頭喪氣，雙手均給繩子縛著。胡斐手中牽著兩條長繩，繩子另一端分別繫住兩人馬韁，原來兩名侍衛給他擒著而來。袁紫衣心念一動，已猜到了三分，便道：「難道是這兩個傢伙？」胡斐笑道：「他二位的尊姓大名，江湖上的名號，袁姑娘不妨先勞神問問。」

袁紫衣白了他一眼，道：「你既知道了，便說給我聽。」胡斐道：「好，在下來給袁姑娘引見兩位武林中的成名人物。這位是小祝融曹猛，這位是鐵蠍子崔百勝。你們三位多親近親近。」

袁紫衣一聽兩人的渾號，立時恍然，「小祝融」自是擅使火器，鐵蠍子當然會放毒物，定是這二人受了折辱，心中不忿，乘著自己與藍秦激鬥之時，偷偷下手相害。當即啪啪啪、啪啪啪，連響六下，在每人頭上抽了三馬鞭，只打得兩人滿頭滿臉都是鮮血。她指著鐵蠍子喝道：「快取解藥治好我馬兒。否則再吃我三鞭，這一次可是用這條鞭子了！」說著軟鞭揚動，喀喇一聲響，將道旁一株大柳樹的枝幹打下了一截。

鐵蠍子嚇了一跳，將綁縛著的雙手提了一提，道：「我怎能……」胡斐不等他說完，單刀揮落，嚓的一聲，割斷了他手上繩索。這一刀疾劈而下，繩索應刃而斷，妙在沒傷到他半分肌膚。

袁紫衣橫了他一眼，鼻中微微一哼，心道：「顯本事麼？那也沒甚麼了不起。」鐵蠍子從懷中取出解藥，給白馬敷上，低聲道：「有我的獨門解藥，便不礙事。」稍稍一頓，又道：「只是這牲口三天中不能急跑，以免傷了筋骨。」

袁紫衣道：「你去給小祝融解了綁縛。」鐵蠍子心中甚喜，暗想：「雖吃了三馬鞭，幸喜除曹大哥外並沒熟人瞧見。他自己也吃三鞭，自然不會將此事張揚出去。」他們這些做武官的，身上吃些苦頭倒沒甚麼，最怕是折了威風，給同伴們瞧低了。他走過去給曹猛解了綁縛，正待要走，袁紫衣道：「這便走了麼？世間上可有這等便宜事情？」

崔曹兩人向她望了一眼，又互瞧一眼。他二人給胡斐手到擒來，單是胡斐一人，便已非敵手，何況加上這個武藝高強的女子，只得勒馬不動，靜候發落。

袁紫衣道：「小祝融把身邊的火器都取出來，鐵蠍子把毒物取出來，只要留下了一件，小心姑娘的鞭子。」說著軟鞭揮出，一捲一抖，在空中啪的一聲大響。

兩人無奈，心想：「你要繳了我們的成名暗器，讓你出一口氣，那也無法可想。」只得將暗器取出。小祝融的火器是一個裝有彈簧的鐵匣。鐵蠍子手裏拿著一個竹筒，筒中自然盛放著蠍子了，這竹筒精光滑溜，起了層黃油，自已使用多年。袁紫衣一見，想起筒中毛茸茸的毒物，不禁心中發毛。

胡斐見曹猛取出放火的鐵匣時，隨手將包袱放在地下，過去拿起一提，重甸甸的有些墜手，知道銀兩不少，這些做官之人，自是沿途敲詐勒索來的，贓官之物取之不傷俠義，便隨手放在馬後鞍上。袁紫衣見了一笑，說道：「你們兩人竟敢對姑娘暗下毒手，可算得大膽。今日本來非死不可，幸虧姑娘生平有個慣例，一天之中只殺一人，總算你們運氣……」崔曹二人相望一眼，均想：「不知你今天已殺過了人沒有？」卻聽袁紫衣接著道：「……二人之中只須死一個便夠。到底那一個死，那一個活，我也難以決定。這樣吧，你們互相發射暗器，誰身上先中了，那便該死；躲得過的，就饒了他性命。我素來說一不二，求也無用。一、二、三！動手吧！」

曹崔二人心中猶豫，不知她這番話是真是假，但隨即想起：「倘若給他先動了手，我豈非枉送了性命？」二人心念甫動，立即出手，只見火光一閃，兩人齊聲慘呼。小祝融頸中遭一隻大蠍牢牢咬住，鐵蠍子胸前火球亂舞，衣衫著火。

袁紫衣格格嬌笑，說道：「好，不分勝敗！姑娘這口惡氣也出了，都給我滾吧！」

曹崔二人身上雖然劇痛，這兩句話卻都聽得清清楚楚，當下顧不得毒蠍在頸，衣上著火，一齊縱馬便奔，直到馳出老遠，這才互相救援，解毒滅火。

袁紫衣笑聲不絕，一陣風過來，猛覺背上涼颼颼地，登時想起衣衫已破，轉眼見胡斐笑嘻嘻的望著自己，不由得大羞，紅暈雙頰，喝道：「你瞧甚麼？」胡斐將頭轉開，笑道：「我在想幸虧那蠍子沒咬到姑娘。」袁紫衣不由得打個寒噤，心想：「這話倒也不錯，給蠍子咬到了，那還得了？」說道：「我要換衣衫了，你走開些。」胡斐道：「你便在這大道上換衣衫麼？」袁紫衣又生氣又好笑，心想自己一著急，出言不愼，狠狠瞪了他一眼，走到道旁樹叢之後，忙除下外衣，換了件杏黃色的衫子，內衣仍濕，卻也顧不得了。燒破的衣衫也不要了，捲成一團，拋入河中。

胡斐眼望著紫衣隨波逐流而去，說道：「姑娘的大名，可叫做袁黃衫？」袁紫衣哼了一聲，知他料到「袁紫衣」三字並非自己眞名，忽然尖叫一聲：「啊喲，有一隻蠍子咬我。」伸手按住了背心。

胡斐一驚，叫道：「當眞？」縱身過去想幫她打下蠍子。那料到袁紫衣這一叫卻是騙他的，胡斐身在半空，袁紫衣忽地伸手用力推出。這一推來得無蹤無影，他又全沒提防，登時一個觔斗摔了出去，跌入河邊的一個臭泥塘中。他在半空時身子雖已轉直，但雙足揷落，臭泥直沒至胸口。袁紫衣拍手嘻笑，叫道：「閣下高姓大名，可是叫做小泥鰍胡斐？」

胡斐這一下當眞哭笑不得，自己一片好心，那料到她會突然出手，足底又軟軟的全不受力，無法縱躍，只得一步一頓，拖泥帶水的走了上來。這時已不由得他不怒，但見袁紫衣笑靨如花盛放，心中又微微感到一些甜意，張開滿是臭泥的雙掌，撲了過去，喝道：「小丫頭，我叫你改名袁泥衫！」

袁紫衣嚇了一跳，拔腳想逃。但胡斐輕功了得，她東竄西躍，始終給他張開雙臂攔住去路。但見他一縱一跳，不住的伸臂撲來，又不敢和他動手拆招，只要一還手，身上非濺滿臭泥不可。這一來逃既不能，打又不得，見胡斐和身縱上，已沒法閃避，一下便要給他抱住，索性站定身子，俏臉一板，道：「你敢碰我？」

胡斐張臂縱躍，本來只是嚇她，這時見她立定，也即停步，鼻中聞到一股淡淡的幽香，忙退出數步，說道：「我好意相助，你怎地狗咬呂洞賓？」袁紫衣笑道：「這是八仙劍中的一招，叫做呂洞賓推狗。你若不信，可去問那個姓藍的。」胡斐道：「以怨報德，沒良心啊，沒良心！」袁紫衣道：「呸！還說於我有德呢，這叫做市恩，最壞的傢伙才如此。我問你，你怎知這兩個傢伙放火下毒，擒來給我？」

這句話登時將胡斐問得語塞。兩名侍衛在她背上暗落火種，在她馬臀上偷放毒蠍，胡斐確在旁瞧得清楚，當時並不叫破，待袁紫衣去後，這才擒了兩人隨後趕來。

袁紫衣道：「是麼？因此我才不領你這個情呢。」她取出一塊手帕，掩住鼻子，皺眉道：「你身上好臭，知不知道？」

胡斐道：「這是拜呂洞賓之賜。」袁紫衣微笑道：「這麼說，你自認是小狗啦。」

她向四下一望，笑道：「快下河去洗個乾淨，我再跟你說趙三……趙半山那小子的事。」

她本想說「趙三叔」，但怕胡斐又自居長輩，索性改口叫「趙半山那小子」。

胡斐大喜，道：「好，好。你請到那邊歇一會兒，我洗得很快。」袁紫衣道：「洗得快了，臭氣不除。」胡斐一笑，反身一招「一鶴沖天」，拔起身子，向河中落下。

袁紫衣看看白馬的傷處，那鐵蠍子的解藥果然靈驗，這不多時之間，腫勢似已略退，白馬不再嘶叫，想來痛楚已減。她遙遙向胡斐望去，只見他衣服鞋襪都堆在岸邊，卻游到遠遠十餘丈之外去洗身上泥污，想是赤身露體，生怕給自己看到。

袁紫衣心念一動，從包裹中取出一件舊衫，悄悄過去罩在胡斐的衣衫之上，將他沾滿了泥漿的衣服鞋襪一古腦兒包在舊衫之中，抱在手裏，過去騎上了青馬，牽了白馬，向北緩緩而行，大聲叫道：「你這樣慢！我身有要事，可等不及了！」說著策馬而行，生怕胡斐立時赤身爬起來追趕，始終不敢回頭。但聽得身後胡斐大叫：「喂，喂！袁姑娘！我認輸啦，請你把我衣服留下。」叫聲越來越遠，顯是他不敢出水追趕。

袁紫衣一路上越想越好笑，接連數次，忍不住笑出聲來，又想最後一次作弄胡斐不免行險，若他冒冒失失，不顧一切，立即搶上岸來追趕，自己反而不知如何是好了。

這日只走了十餘里，就在道旁找個小客店歇了。她跟自己說：「白馬中了毒，鐵蠍子那混蛋說的，倘若跑動，便要傷了筋骨。」但在內心深處，卻極盼胡斐趕來跟自己理論爭鬧。一晚平安過去，胡斐竟沒蹤影。

次晨懶洋洋地起身，把胡斐一身沾滿了泥漿的衣褲鞋襪清洗乾淨，見到衣衫袋中有本破爛的册子，似是武功拳譜之屬，心想這可不宜窺看，便放在一旁。洗衣之時想像胡斐不知如何上岸，如何去弄衣衫穿，想了一會，忍不住又好笑起來。

到得傍晚，晾曬著的衣褲都乾了，袁紫衣收入房中，關上房門，雙手分持胡斐上衣的袖子，裝著他撲過來要抱自己。她退了兩步，左手出手一格，擋開了空袖，忽地叫聲：「啊唷！」衣衫的兩隻袖子都抱住了她上身，同時自己背心「神道」穴上一酸，已給對方手指點中，袁紫衣全身酸軟，仰天摔倒在炕上。

胡斐的上衣合在她身上，她卻不敢再想下去，呼吸急促，滿臉通紅，手足無力，閉眼欲睡，突然間悲從中來，心中酸痛，淚珠奪眶而出，忍不住叫道：「我……我打死你這奸惡討厭的小泥鰍……胡斐！」接著哇的一聲，哭了出來，就此哭泣難止，抽抽噎噎的哭了半天，伸手啪啪啪啪，在自己右頰上重重擊了幾下，一面打，一面斥罵：「壞泥鰍，臭胡斐，都是你不好，打死你，打死你……」打到後來，覺得臉上疼痛，便住手了，自覺好笑：「我要打的，是呂洞賓推的那隻壞狗子，怎麼不小心打起自己來啦？」

拭去了眼淚，將胡斐的衣褲鞋襪摺好，忽然見到褲筒上有條裂開的長縫，便從自己包袱裏取出針線，將那條裂縫縫上了，再細查衣衫，見到衣袖上有個破孔，便剪下衣衫裏襟同色的一塊布片，細心補好，將衣褲鞋襪連同那本武功册子一起包了，放在床尾，諸事辦妥，心中卻難平靜。

她輕拍包袱，輕輕說道：「小胡斐，我跟你說，你年紀還小，江湖上的事甚麼也不懂，卻要學人家行俠仗義，到頭來搞得一團糟，那還不活該？」

她拍著胡斐的包袱，似乎胡斐當眞靜靜的坐在床尾，乖乖的聽她教訓，又道：「你的武功學得挺好啦，比你那個趙三哥說的似乎還強了些。可是行走江湖，並非單憑武功就辦得了的。你撒尿救了那個呂小妹，從狗洞裏鑽出去殺退商老太，救了大夥兒的性命，只不過是一時的狡獪急智，你年紀輕輕就這般聰明機警，可算難得，但要對付鳳天南這等結交官府、老奸巨猾的大惡霸，你可大大不夠格了。你武功強過他十倍，卻又如何？他廣通聲氣，武林中不少英豪是他死黨，肯爲他賣命，你獨個兒又怎對付得了？他只不過略施小計，就把你引開了。鍾阿四一家三口，可說是死在你手下的。你無知魯莽，少不更事，害死了他們，你認不認呢？」

「好，要做個眞正的英雄俠士，你可還得好好多學一下呢！你叫趙三叔做三哥，那又怎樣？他武功雖高，但爲人忠厚老實，腦子轉不過彎，咱們就算遇上了大事，也還輪不上他來出主意呢！若不是聽天池怪傑袁老前輩吩咐，就得聽我師父吩咐，他們兩位老人家若不拿個主意，咱們第一就得聽陳總舵主的，第二得聽翠羽黃衫霍阿姨的，第三得聽武諸葛徐七叔的，就算鴛鴦刀駱冰駱阿姨，也比你這趙三哥頭腦活些。你乖乖的去跟他們學上幾年，要不然跟著我學上幾年，再來闖蕩江湖，說不定還能有點出息呢！」

想到胡斐就跟在自己身邊，並騎而行，同桌吃飯，自己隨時將江湖上人心險惡、諸般奸詐險狠伎倆說些給他聽，又說些如何即以其人之道、還治其人之身的法門，胡斐俯首聽教，好像自己的徒兒一般，不禁大樂，臉上露出笑靨，左頰上酒窩兒微微一凹，心道：「唉！不知這小泥鰍聽不聽話呢？要是不聽話，給人害了，又有誰來救他？」

她每天只行五六十里路程，但胡斐始終沒追上來，芳心可可，竟儘記著這個渾身臭泥的小泥鰍胡斐。

胡斐道：「我先前只道回疆是沙漠荒蕪之地，那知竟有姑娘這般美女。」袁紫衣紅暈上臉，「呸」了一聲，道：「你瞎說甚麼？」

第七章　風雨深宵古廟

這一日到了湘潭以北的易家灣，離省城長沙已不在遠，袁紫衣正要找飯店打尖，只聽得碼頭旁人聲喧嘩。見湘江中停泊著一艘大船，船頭站著個老者，拱手與碼頭上送行的諸人爲禮。她一瞥之下，見送行的大都是武林中人，個個腰挺背直，精神奕奕，老者身後站著兩名朝廷武官。

她見了這一副勢派，心中一動：「莫非又是那一派的掌門人，到北京去參與福大帥的大會？」凝神瞧那老者時，見他兩鬢蒼蒼，頷下老大一部花白鬍子，但滿臉紅光，衣飾華貴，左手手指上戴著一隻碧玉斑指，遠遠望去，在陽光下發出晶瑩之色，只聽他大聲說道：「各位賢弟請回吧！」抱拳一拱，身形端凝，當眞是穩若泰山。

岸上諸人齊聲說道：「恭祝老師一路順風，爲我九龍派揚威京師。」那老者微微一笑，說道：「揚威京師是當不起的，只盼九龍派的名頭不在我手裏砸了，也就是啦。」

袁紫衣聽他聲音洪亮，中氣充沛，這幾句話似是謙遜，但語氣間其實甚爲自負。

只聽得噼啪聲響，震耳欲聾，湘江水上紅色紙屑飛舞，岸上船中一齊放起鞭炮。

袁紫衣知鞭炮一完，大船便要開行，輕輕下馬，拾起兩片石子，往鞭炮上擲去。兩串鞭炮都長逾兩丈，石片擲到，登時從中斷絕，嗤嗤聲響，燃著的鞭炮墮入湘江，立時熄滅了。

這一來，岸上船中，人人聳動。鞭炮斷滅，那是最大的不祥之兆。衆人瞧得清楚，鞭炮是岸上這黃衫少女用石片打斷。六七名大漢立即奔近身去，將她團團圍住，大聲喝道：「你是誰？」「誰派你來搗亂混鬧？」「打斷鞭炮，是甚麼意思？」「當眞吃了豹子膽、老虎心，竟敢來惹九龍派的易老師！」若非見她只是個孤身美貌少女，早就老拳齊揮，一擁而上了。

袁紫衣深知韋陀門與八仙劍的武功底細，事先也練過他們的拿手招式，出手時成竹在胸，並不畏懼，這九龍派卻不知是甚來歷，見衆人聲勢洶洶，只得微笑道：「我用石子打水上的雀兒，不料失手打斷了炮仗，實在過意不去。對不起啦！」

衆人聽她語聲清脆，一口外路口音，大家又七張八嘴的道：「失手打斷一串，也還罷了，豈有兩串一齊打斷之理？」「你叫甚麼名字？」「到易家灣來幹麼？」「今日是黃道吉日，給你這麼一混鬧，唉，易老師可有多不痛快！」

袁紫衣笑道：「兩串炮仗有甚麼稀罕？再去買幾串來放放也就是了。」說著從懷中取出一錠黃金，約莫有二兩來重，托在掌中，這錠金子便買一千串鞭炮也已足夠。

衆人面面相覷，均覺這少女十分古怪，沒人伸手來接。

袁紫衣笑道：「各位都是九龍派的弟子嗎？這位易老師是貴派的掌門人，是不是？他要到北京去參與福大帥的天下掌門人大會，是不是？」她問一句，衆人便點一點頭。袁紫衣搖頭道：「炮仗熄滅，大大不祥。易老師還是別去了，在家安居納福的好。」

人羣中一個漢子忍不住問道：「爲甚麼？」袁紫衣神色鄭重，說道：「我瞧易老師神色不正，印堂上深透黑氣，殺紋直沖眉梢。若去了京師，不但九龍派威名墮地，易老師怕還有殺身之禍。」衆人一聽，不由得相顧變色。有的在地下直吐口水，有的高聲怒罵，也有的竊竊私議，只怕這女子會看相，這話說不定還眞有幾分道理。

衆人站立之處與大船船頭相去不遠，她又語音清亮，每一句話都傳入了那易老師耳中。他細細打量袁紫衣，見她身材苗條，體態婀娜，似乎並不會武，但適才用石片打斷鞭炮，出手巧妙，勁道不弱，又見她所乘白馬神駿英偉，實非常物，料想此人定是有所爲而來，拱手說道：「姑娘貴姓，請借一步上船說話。」

袁紫衣道：「我姓袁，還是易老師上岸來吧。」

當時湘人風俗，乘船遠行，登船之後，船未開行而回頭上岸，於此行不利。那易老師眉頭微皺，沉吟不語。他雖武功高強，做到一派掌門，但生平對星相卜占、風水堪輿等說甚爲崇信，見炮仗爲這年輕女子打滅，又說甚麼殺身之禍等不祥言語，心想她越說越難聽，不如置之不理，吩咐船家：「開船吧！」喃喃自語：「陰人不祥，待到了省城，咱們再買福物，請神沖煞。」船家高聲答應，有的拉起鐵錨，有的便拔篙子。

袁紫衣見他不理自己，竟要開船，大聲叫道：「慢來，慢來！你若不聽我勸告，不出百里便要桅斷舟覆，全船人等大大不利。」說著快步走近。易老師臉色更加陰沉，厲聲道：「我瞧你年紀輕輕，不來跟你一般見識。若再胡說八道，可莫怪我不再容情。」

袁紫衣躍上船頭，微笑道：「我全是一片好意，易老師何必動怒？請問易老師大名如何稱呼，我再跟你拆一個字，對你大有好處。」易老師哼了一聲，道：「不須了！」袁紫衣道：「好，易老師既不肯以尊號相示，我便拆一拆你這個姓。『易』字上面是個『日』字，下面是個『勿』字，『勿日』便是『不日』，『不日歸天』，意思是命不久矣。易老師此行乘船，走的是一條水路，『易』字加『二』加『水』，便成爲『湯』，『赴湯蹈火』，此行大爲凶險。舟爲器皿之象，『湯』下加『皿』爲『盪』，所謂『盪然無存』，全船人等，性命難保。『湯』字之上加『草』爲『蕩』，古詩云：『蕩子行不歸』，易老師這一次只怕要死於異鄉客地了。」易老師聽到此處，再也忍耐不住，伸手在桅桿上用力拍去，砰的一聲，一條粗大的桅桿不住搖晃，喝道：「你有完沒完？」

袁紫衣笑道：「易老師此行，百事須求吉利，那個『完』字，是萬萬說不得的。『完結』、『完蛋』、『完了』，都沒甚麼好。易老師，你到北京是去爭雄圖霸，不是動拳腳，便要動刀槍。『易』字加『足』爲『踼』，加『刀』爲『剔』，因此你不但自己給人踼倒，九龍派還得給人剔除。」

易老師越聽越怒，但聽她說得頭頭是道，也不由得暗自心驚，強言道：「我單名一個『吉』字，早便吉祥吉利了，你還有何話說？」袁紫衣搖頭道：「大凶大險。這個『吉』字本來甚好，但偏偏對易老師甚爲不祥。『易』者，換也，將吉祥更換了去，那是甚麼？自然是不吉了。」易吉默然。

袁紫衣又道：「這『吉』字拆將開來，是『十一口』三字。易老師啊，凡人只有一口，你卻有十一口。多出來的十口是甚麼口？那自然是傷口，是刀口了。由此觀之，你此番上北京去，命中注定要身中十刀。」

越是迷信之人，越聽不得不祥之言。易吉本來雍容寬宏，面團團的一副富家翁氣象，此時眉間斗現煞氣，斜目橫睨袁紫衣，冷笑道：「好，袁姑娘，多謝金玉良言。你是那一位老師門下？令尊是誰？」

袁紫衣笑道：「你也要給我算命拆字麼？何必要查我的師承來歷？」易吉冷笑道：

「瞧你年紀輕輕，咱們又素不相識，你定是受人指使，來踢易某的盤子來著。姓易的大不與小鬥，男不與女爭，你叫你背後那人出來，瞧瞧到底是誰身中十刀，屍骨不歸故鄉。」他伸手指著她臉，大聲道：「你背後那人是誰？」

袁紫衣笑道：「我背後的人麼？」假裝回頭一看，不由得又驚又喜，只見岸邊站著一人，穿一身粗布青衣，打扮作鄉農模樣，正是胡斐，心想不知他何時到了此處，自己全神貫注的給易吉拆字，竟沒察覺。她不動聲色，回過頭來，笑道：「我背後這人麼？我瞧他是個看牛挑糞的鄉下小子。」

易吉怒道：「你莫裝胡羊。我說的是在背後給你撐腰、叫你來搗鬼的那人，是男子漢大丈夫，何必藏頭露尾，鬼鬼祟祟？」他料定是仇家暗中指使袁紫衣前來混鬧，好使自己出行不利，此人必然熟知自己的性情忌諱，否則她何以儘說不吉之言？

其實袁紫衣存心搗亂，見他越是怕聽不吉的說話，便越加儘揀凶險災禍來說，當下正色道：「易老師，常言道良藥苦口利於病，忠言逆耳利於行。我這番逆耳忠言，聽不聽也由得你。至於九龍派嘛，你如不去，由小女子代你去便了。」

當袁紫衣躍上船頭不久，胡斐即已跟蹤而至。那日他在河裏洗澡時衣服遭奪，赤身露體的不便出來，好在爲時已晚，不久天便黑了，這才到鄉農家去偷了一身衣服。他最關懷的是那本家傳拳經刀譜。這刀譜放在衣衫囊袋之中，竟給她連衣帶書一起取了去，心想這女子先偷我包袱，又取我衣服，定是爲了這本武功譜訣，心中憂急，一路疾趕。當日便追上了她，但見她勒馬緩緩而行，卻又不是偷了譜訣便即遠走高飛的模樣。他越想越疑，無法推測這女子眞意何在，心想倘若動手強搶，未必能得手，於是暗暗在後窺伺，要瞧她有何動靜，另有何人接應。跟了數日，始終不見有何異狀。這日在易家灣湘江之畔，卻見她向易吉起釁，竟是又要搶奪掌門人的模樣。

胡斐暗暗稱奇：「這位姑娘竟有一味掌門人癖。她遇到了掌門人便搶，爲的是在江湖上闖萬立威呢，還是另有深意？看來兩人說僵了便要動手，且讓他們鷸蚌相爭，我便來個漁翁得利，設法奪回譜訣。此時牽她白馬，易如反掌，但好曲子不唱第二遍，重施故技，未免顯得我小泥鰍胡斐太也笨蛋。」慢慢走近船頭，等候機會搶奪她背上包袱。

只見易吉一張紅堂堂的臉膛由紅轉紫，嘶啞著嗓子說道：「姑娘這麼說，那是罵易某無能，不配作九龍派的掌門人了？」袁紫衣微笑道：「那決不是。易老師既此行不利，不如把九龍派的掌門人讓與我吧。小女子一片好心，純是爲你著想……」

她話未說完，船艙中鑽出兩條漢子，手中各持一條九節軟鞭。一個中年大漢道：「這女子瘋瘋顚顚，師父不必理她。待弟子趕她上岸，莫誤了開船吉時。」說著左手伸出，去推袁紫衣肩頭。袁紫衣伸指在他手臂上輕輕一彈，說道：「吉時早已誤了！」那漢子登覺臂彎中一麻，手掌沒碰到她肩頭，上臂便已軟軟的垂下。

另一個漢子喝道：「大師哥，動傢伙吧！」兩人齊聲唿哨，嗆啷啷一陣響，兩條九節軟鞭同時向袁紫衣膝頭打去。他們不想傷她性命，軟鞭所指處並非要害。

袁紫衣見兩人都使九節鞭，心念一動：「是了，他們叫做九龍派，大概最擅長的便是九節鞭。」她與易吉東拉西扯，一來要他心煩意亂，二來想探聽他武功家數，這時見雙鞭擊到，心中大喜：「好啊，你們遇上使軟鞭的老祖宗啦。」雙手伸出，快速無倫的抓住兩根軟鞭鞭頭，相互一纏，打成結形，自己身子不動，微笑著站在當地。

兩名漢子尚未察覺，見鞭頭並未打到她身上，反而雙鞭互纏，各自用力一扯，這一來正中了袁紫衣之計，雙鞭鞭頭本來鬆鬆搭著，一扯之下，登成死結。兩人驚得呆了，忙奮力拉扯。師兄弟倆膂力相當，誰也扯不動誰，兩條軟鞭卻纏得更加緊了。

易吉喝道：「莽撞之徒，快退開了。」雙手抓住長袍衣襟，向外抖出，噗噗噗一陣響，袍子上七個軟扣一齊拉脫，左手反到身後一扯，長袍登時除下，露出袍內的勁裝結束。這一手乾淨利落，威勢十足。岸上站著的大都是他的弟子親友，也有不少閒人，登時齊聲喝了個大采。

袁紫衣搖頭道：「口采不好。這一手『脫袍讓位』，脫袍不打緊，讓位嘛，卻是注定把掌門人之位讓給我啦。」易吉心中一凜，果覺這一手也是不祥之兆，右手伸到腰間，輕輕一抖，手中已多了一條晶光閃亮的九節鞭。

這一抖寂然無聲，鋼鞭的九節互相竟沒半點碰撞。袁紫衣暗叫：「啊喲，不好！這手功夫我可不會，今日只怕要糟！」見他這條鞭子每一節都有鷄蛋粗細，他身材又甚魁梧，便如船頭上立了座鐵塔，拿著這條大鞭，當眞威風凜凜。

這時船家已收起了鐵錨，船身在江中搖晃不定。易吉手臂抖出，九節鞭飛出去捲住了船頭鐵錨，跟著揮出，撲通聲響，水花四濺，鐵錨落入江中，船身登時穩住。這一手若非臂上有六七百斤膂力，焉能如此揮洒自如？眼見他這條九節鞭並有軟鞭與鋼鞭之長，內外兼修，委實了得。

袁紫衣心想：「他膂力強大，揮鞭無聲。此人只可智取，不能力敵。」見他身形壯實，年紀又大，想來功力雖深，手腳就未必靈便，心生一計，說道：「易老師，我是女子，如在船頭跟你相鬥，不論勝負，都於你此行不利。咱們總得另覓一個地方較量才行。」易吉心覺此言有理，可又不願上岸。

袁紫衣又道：「易老師，咱們話得說在前頭，倘若我勝了你，你這九龍派掌門人之位，自得拱手相讓，不知你門下的弟子們服是不服？」易吉氣得紫臉泛白，喝道：「不服也得服。但如你輸了呢？」袁紫衣嬌笑道：「我跟你磕頭，叫你做乾爹，請你多疼我這乾女兒啊。」說著倏地躍起，右足在桅索上一撐，左足已踏上了帆底的橫桿，腰中銀絲鞭揮出，向上抖起，捲住了桅桿，手上使勁，帶動身子躍高。她左臂剛抱住桅桿，右手又揮出銀絲鞭再向上捲，最後一招「一鶴沖天」，身子已高過桅桿，輕輕巧巧的落將下來，站在帆頂。

這幾下輕靈之極，碼頭上旁觀的閒人無不喝采。九龍派的弟子中卻有人叫了起來：「喂，玩這手有甚麼意思？有種的便下來，領教領教易老師威震三湘的九龍鞭功夫。」袁紫衣大聲道：「在上邊比武，大夥兒都瞧得清楚些。」

易吉哼了一聲，將九龍鞭在腰間一盤，左手抓住桅桿，身子已離地二尺，跟著右手一搭，身子又上升二尺。那桅桿比大碗的碗口還粗，一手原無法握住，但他手指勁力厲害，掌力又極沉雄，雙手交互攀搭，身子竟平平穩穩的上升，雖無袁紫衣的快捷輕靈，但在行家看來，這手功夫既穩且狠，當真厲害。

袁紫衣眼見他離桅頂尚有丈餘，心想一給他爬上，就不好鬥，只有居高臨下，先制止他上升，銀絲鞭一晃，喝道：「我這是十八龍鞭，多了你九龍。」抖動鞭梢，摟頭蓋落。易吉雙手不空，如何抵擋？若要閃避，只有溜下桅桿，如此一招不交，已然輸了。碼頭上眾弟子高聲叫嚷：「喂，小姑娘，你快下來動手！」卻見易吉側頭避開對方一擊，左臂抱住桅桿，右手揮動九節鋼鞭，竟自下迎上，往銀絲鞭上砸去。

袁紫衣生怕雙鞭相交，倘若給纏住了，拉扯起來，自己力小，必定吃虧，於是抖手揚鞭，避開他兵刃，待要迴轉再擊，那知易吉使一招「捧花蓋頂」，舞動鋼鞭護住頭臉，左臂一鬆一緊，身子一縱一提，四五個起落，已穩穩坐上桅桿之頂。碼頭上歡聲大起，掌聲如雷。他這一來佔得了有利地勢，袁紫衣心中反而寬了，見他適才出鞭，力道雖猛，招數中卻無特異變化，遠不及自己鞭法的精微巧妙，身子向左探出，唰的一聲，銀絲鞭自右環擊出去。易吉穩穩坐著，九節鞭回轉，將對方軟鞭擋開。

這時陽光照耀，湘江中泛出萬道金波，兩人在五六丈高處相鬥，兩條軟鞭猶似靈蛇盤旋，當眞好看。岸邊人衆越聚越多，湘江中上上下下的大小船舶也多收帆停槳，船中水手乘客，仰首觀鬥。

易吉自知輕身功夫不如對方，只穩坐帆頂，雙足挾住桅桿，先佔了不敗之地。袁紫衣卻東竄西躍，在帆頂的橫桁上忽進忽退。她銀絲鞭比對手的九龍鞭長了一倍有餘，只有她攻擊易吉，而易吉無法反擊。拆到六十餘招後，她手中一條長鞭如銀蛇飛舞，招數愈出愈奇。易吉來來去去卻只七八招，密密護住全身，俟機去纏對方軟鞭。

一眼看來，袁紫衣似是佔盡了上風，但她如此打法甚爲吃力，只要久攻不下，鞭法中稍有破綻，或足下一滑一絆，那便輸了。易吉的用心，正是孫子兵法中所謂「先爲不可勝，以待敵之可勝」。袁紫衣早知他心意，但不論如何變招進攻，他這七八招護身防禦鞭法，竟嚴密異常，無隙可乘。如在平地，她自可斜攻側擊，或著地滾進，但自己引他高空相鬥，反給他佔了地利，卻非始料之所及了。

又鬥片刻，情勢仍無變化，袁紫衣微感氣息粗重，縱躍之際，已稍不及初時輕捷。易吉瞧出轉機，待她長鞭掠到面前，突出左手，逕去抓她鞭上金球。袁紫衣一驚，軟鞭下沉，那知易吉的九龍鞭反將過來先壓後鉤，若非她銀絲鞭閃避得快，雙鞭已纏在一起。易吉得理不讓人，瞧準了她鞭頭回起之處，九龍鞭一招「青藤纏葫蘆」，大喝一聲，已將銀絲鞭纏住。

袁紫衣只覺手中長鞭給一股強力往外急拉，心知若與對方蠻奪，自己必輸，她心思轉得好快，危急中倏出險招，右手猛地一甩，銀絲鞭的鞭柄脫手飛出，繞著桅桿急轉圈子，但見銀光閃動，唰唰唰一陣響，九節鋼鞭和銀絲軟鞭兩條軟鞭，竟將易吉雙腿連同右臂一齊繞上了桅桿。

這一下變生不測，易吉怎料想得到？大驚之下，忙伸左手去解鞭，倏見袁紫衣撲到身前，左手探出，便來挖他眼珠。易吉左手急忙放脫軟鞭，舉手擋架。那知袁紫衣這一下乃是虛招，左掌在空中微一停頓，牽制他左掌，右手疾出，已點中他左腋下的「淵腋穴」。這一招在旁人看來，簡直是易吉自舉手臂，露出腋底任由對方點穴一般。他穴道中指，左臂軟軟下垂，雙腿與右臂卻又給縛在桅上，可說是一敗塗地，再無還手之力。

胡斐在地下見她敗中取勝，這一手贏得巧妙無比，剛叫了聲好，忽見黃光閃動，九枚金錢鏢急向桅桿上飛去，射向袁紫衣後心。

袁紫衣將易吉打得如此狼狽，心中大是得意，正要在高處誇言幾句，逼他親口許諾讓了掌門，這才放他，沒料到下面竟有人偷襲。這九枚金錢鏢來得既快，部位又四下分散，她身在橫桁之上，只要向左或向右踏出半步，立時從五六丈高處摔跌，卻又如何避得？情急智生，身子後仰，登時摔下，九枚錢鏢從帆頂掠過。船頭岸上眾人驚呼聲中，只見她雙足鉤住橫桁，身子掛住半空。

岸上偷發暗器之人一不做，二不休，跟著又是三枚錢鏢射出，這一次卻一枚襲她身子，兩枚射向橫桁，只要她身子向上翻起，剛好是自行湊向錢鏢。胡斐知道這一下袁紫衣再也沒法避讓，立即揮手也是三枚制錢射出。他出手雖後，但手勁凌厲，錢鏢去勢卻快，六枚銅錢在空中互撞，錚錚錚三聲，一齊斜飛，落入了江中。

袁紫衣驚出了一身冷汗，剛欲翻身而起，胡斐大叫一聲，躍上船頭，只聽喀喇、喀喇兩聲巨響，橫桁斷折。袁紫衣跟著橫桁向江中跌落，而易吉處身所在的桅桿，卻也從中斷絕。袁紫衣當時頭下腳上，親眼見到何人發射暗器偷襲，胡斐如何出手相救，但橫桁如何斷折，卻沒瞧見。

原來易吉左脅穴道被點，半身動彈不得，右手卻尚可用力，忙從雙鞭纏繞之中脫出手臂，見袁紫衣倒掛桁上，當即全身勁力運於掌上，發掌擊向橫桁，連擊三掌，桁斷人落。就在此時，胡斐也已躍上了船頭，心想倘若袁姑娘落水，這姓易的反而安坐桅頂，待他慢慢溜將下來，豈非是他勝了？當即背靠桅桿，運勁向後力撞，這桅桿又堅又粗，一撞之下只晃了幾下。胡斐心中急了，拔出單刀，唰的一刀，劈斷桅桿。

眼見袁紫衣與易吉各自隨著一段巨木往江中跌落，只袁紫衣的橫桁先斷，身在半截桅桿之下，若給斷桅擊中，性命可憂。胡斐搶起船頭拉縴用的竹索，對準袁紫衣身前揮去，大喝：「抓住了！」竹索飛出，有如一條極長的軟鞭。袁紫衣身在半空，心感危急，她雖識水性，但想落水後再濕淋淋的爬起，豈不狼狽？突見竹索飛到，忙伸手抓住。胡斐一揮一拉，袁紫衣借勢躍起，輕輕巧巧的落上船頭。

她雙足剛落上船板，只聽得撲通一聲巨響，水花四濺，無數水珠飛到了她頭上臉上，正是易吉與斷桅一齊落水。岸上人眾大聲呼叫，撲通撲通響聲不絕。原來易吉不會水性，九龍派的十七八名弟子紛紛躍入湘江，爭先恐後去救師父。

袁紫衣向胡斐嫣然一笑，柔聲道：「胡大哥，謝謝你啦！」胡斐笑道：「我這『胡』字拆開來是『月十口』三字，看來我每月之中，要身中九刀。」

袁紫衣笑得更是歡暢，心想我適才給那易吉拆字，可都教他偷聽去啦，笑道：「幸好你名字中有個『非』字，這一『非也、非也』，那九刀之厄就逢凶化吉了。」胡斐笑道：「多謝姑娘金口。」

袁紫衣與他重逢，心中甚是高興，又承他出手相救，有意與他修好，又笑道：「你這『斐』字是文采斐然，那不必說了。『非』字下加『羽』字爲『翡』，主得金玉翡翠；加『草』字頭爲『菲』，主芬芳華美；加絞絲旁爲『緋』，紅袍玉帶，主做大官。」胡斐伸了伸舌頭，道：「升官發財，可了不起！」

兩人在船頭說笑，旁若無人。忽聽得碼頭上一陣大亂，九龍派眾門人將易吉連著斷桅，七手八腳的抬上岸來。他年老肥胖，又不通水性，吃了幾口水，一氣一怒，竟暈了過去。袁紫衣暗暗心驚：「莫要弄出人命，這事情可鬧大了。」低聲道：「胡大哥，咱們快走吧！」說著躍上江岸，伸手去取那纏在斷桅上的銀絲軟鞭。

九龍派眾門人紛紛怒喝，六七條軟鞭齊往她身上擊落。只聽得嗆啷啷響成一片，六七條軟鞭互相撞擊，便似一道鐵網般當頭蓋到。她銀絲軟鞭在手，借力打力，眾鞭從頭頂橫過，身子已斜竄出去。她偷眼再向易吉望了一眼，只見他一個胖胖的身軀橫臥地下，一動不動，也不知是死是活。

胡斐翻身上馬，右手牽著白馬，叫道：「九龍派掌門人不大吉利，不當也罷。」袁紫衣笑道：「那就聽你吩咐啦！」躍起身來，上了馬背。胡斐也上了青馬馬背，縱騎在她身旁相護。

九龍派的眾弟子大聲叫嚷，紛紛趕來阻截。兩條軟鞭著地橫掃，往馬足上打去。袁紫衣回身出鞭，已將兩條軟鞭的鞭頭纏住，右手一提馬韁，白馬發足疾奔。這馬神駿非凡，腳步固迅捷無比，力氣也大得異常，發力衝刺，登時將那兩名手持軟鞭的漢子拖倒。這一下變起不意，兩名漢子大驚之下，身子已讓白馬在地下拖了六七丈遠。兩人急欲站起，但白馬去勢何等快速，兩人上身剛抬起，立時又給拖倒，驚惶之中竟想不起拋掉兵刃，仍死死的抓住鞭柄。

袁紫衣在馬上瞧得好笑，倏地勒馬停步，待那兩名漢子站起身來，見兩人目青鼻腫，手足顏面全爲地下沙礫擦傷，問道：「你們軟鞭有寶麼？怎不捨得放手？」右足足尖在馬腹上輕輕一點。白馬向前衝馳，又將兩人拖倒。這時兩人方始省悟，撒手棄鞭，耳聽得袁紫衣格格嬌笑，與胡斐並肩馳去。

易家灣九龍派弟子衆多，聲勢甚大，此日爲老師送行，均會聚在碼頭之上，眼見易吉受挫，原要一擁而上。袁紫衣與胡斐武功雖強，終究好漢敵不過人多。幸好袁紫衣臨去施一手迴鞭拉人，事勢奇幻，衆弟子目瞪口呆，一時會不過意來，待要搶上圍攻，二人已馳馬遠去。這時易吉悠悠醒轉，衆弟子七張八嘴的慰問，痛罵袁紫衣使奸行詐，紛紛議論，卻誰也不知她來歷，於是九龍派所有對頭，個個成了她背後指使之人。

袁紫衣馳出老遠，直至回頭望不見易家灣房屋，才將奪來的兩根九節鋼鞭拋在地下。她轉眼瞧瞧胡斐，見他穿著一身鄉農衣服，土頭土腦，憨裏憨氣，忍不住好笑，但想適才若不是他出手救援，自己一條小命或已送在易家灣，此刻回思，不禁暗自心驚，又對他好生感激。

兩人並騎走了一陣，胡斐道：「袁姑娘，天下武學，共有多少門派？」袁紫衣笑道：「不知道啊，你說有多少門派？」胡斐搖頭道：「我說不上，這才請教。你現下已當了韋陀門、八仙劍、九龍派三家的大掌門啦。還得再做幾派掌門，才心滿意足？」袁紫衣笑道：「雖然勝了易吉，但他門下弟子不服，這九龍派的掌門人，實在當得十分勉強。至於少林、武當、太極這些大門派的掌門人，我是不敢去搶的。再收十家破銅爛鐵，也就夠啦。」

胡斐伸了伸舌頭，道：「嘿，武林十三家總掌門，這名頭可夠威風啊。」袁紫衣笑道：「胡大哥，你武藝這般強，何不也搶幾家掌門人做做？咱們一路收過去。你收一家，我收一家，輪流著張羅。到得北京，我是十三家總掌門，你也是十三家總掌門。咱哥兒倆一同去參與福大帥的甚麼天下掌門人大會，豈不有趣？」

胡斐連連搖手，說道：「我可沒這膽子，更沒姑娘的好武藝。多半掌門人半個也沒搶著，便給人家一招『呂洞賓推狗』，摔在河裏，變成了一條拖泥帶水的落水狗！但如單做泥鰍派掌門人呢，可又不大光彩。」袁紫衣笑彎了腰，抱拳道：「胡大哥，小妹這裏跟你賠不是啦。眞正對不住，還得多謝你出手相救。」胡斐抱拳還禮，一本正經的道：「三家大掌門老爺，小的可不敢當。」

袁紫衣見他模樣老實，說話卻甚風趣，更增了幾分歡喜，笑道：「怪不得趙半山那老小子誇你不錯！」胡斐對趙半山一直念念不忘，忙問：「趙三哥怎麼啦？他跟你說甚麼來著？」袁紫衣笑道：「你追得我上，便跟你說。」伸足尖在馬腹上輕輕一碰。

胡斐心想你這白馬一跑，我那裏還追得上？眼見白馬後腿撐地，便要發力，急忙騰身躍起，左掌在白馬臀上一按，身子已落在白馬背上，正好坐在袁紫衣身後。白馬背上多了一人，竟毫不在意，仍然追風逐電般飛奔。那匹青馬在後跟著，雖然空鞍，但片刻之間，已與白馬相距數十丈之遙。

袁紫衣微微聞到背後胡斐身上的男子氣息，臉上一熱，待要說話，卻又住口。奔馳了一陣，猛聽得半空中一聲霹靂，抬頭望時，烏雲已遮沒了半邊天。此時正當盛暑，陣雨說來便來，她一提馬韁，白馬奔得更加快了。

不到一盞茶時分，西風轉勁，黃豆大的雨點已洒將下來。一眼望去，大路旁並無房屋，只左邊山坳中露出一角黃牆，袁紫衣縱馬馳近，卻是一座古廟，破匾上寫著「湘妃神祠」四個大字，泥金剝落，顯已日久失修。

胡斐躍下馬來，推開廟門，顧不得細看，先將白馬拉了進去。這時空中焦雷一個接著一個，閃電連晃，袁紫衣雖武藝高強，禁不住臉露畏懼之色。

胡斐到後殿去瞧了一下，廟中並無一人，回到前殿，說道：「還是後殿乾淨些。」找了些稻草，打掃出半邊地方，道：「這雨下不長，待會雨收了，今天準能趕到長沙。」袁紫衣「嗯」了一聲，不再說話。兩人本來一直說說笑笑，但自同騎共馳一陣之後，袁紫衣心中微感異樣，瞧著胡斐，不自禁的有些靦腆，有些尷尬。

兩人並肩坐著，突然間同時轉過頭來，目光相觸，微微一笑，各自把頭轉開。

隔了一會，胡斐問道：「你的趙三叔身子安好吧？」袁紫衣道：「好啊！他會有甚麼不好？」胡斐道：「他在那裏？我想念他得緊，眞想見見他。」袁紫衣道：「那你到回疆去啊。只要你不死，他不死，準能見著。」胡斐一笑，問道：「你是剛從回疆來吧？」袁紫衣回眸微笑，道：「是啊。你瞧我這副模樣像不像？」胡斐搖頭道：「我不知道。我先前只道回疆是沙漠荒蕪之地，那知竟有姑娘這般美女。」

袁紫衣紅暈上臉，「呸」了一聲，道：「你瞎說甚麼？」胡斐一言既出，微覺後悔，暗想孤男寡女在這古廟之中，說話可千萬輕浮不得，岔開話題，問道：「福大帥開這個天下掌門人大會，到底是爲了甚麼，姑娘能見告麼？」袁紫衣聽他語氣突轉端莊，不禁向他望了一眼，說道：「他王公貴人，吃飽了飯沒事幹，找些武林好手消遣消遣，還不跟鬥鷄鬥蟋蟀一般？只可嘆天下無數武學高手，受了他愚弄，竟不自知。」

胡斐一拍大腿，大聲道：「姑娘說的一點也不錯。如此高見，令我好生佩服。原來姑娘一路搶那掌門人之位，是給這個福大帥搗亂來著。」袁紫衣笑道：「不如咱二人齊心合力，把天下掌門人之位先搶他一半。這麼一來，福大帥那大會便七零八落，不成氣候。咱們再到會上給他一鬧，教他從此不敢小覷天下武學之士。」胡斐連連鼓掌，說道：「好，就這麼辦。姑娘領頭，我跟著你出點微力。」袁紫衣道：「你武功遠勝於我，何必客氣？」自得他援手相救，本想自居師父、教他些江湖上行逕的心思，忽然間無影無蹤了。

胡斐道：「趙三哥和我曾在山東商家堡見過一個福公子，不知是不是便是這個福大帥？趙三哥說，他們紅花會曾擒拿過這福公子，這福公子見了趙三哥，害怕得很，急急忙忙便逃走了。」袁紫衣笑道：「紅花會拿過的福康安，便是這個福大帥。」

兩人說得高興，卻見大雨始終不止，反越下越大，廟後是一條山澗，山水沖將下來，轟轟隆隆，竟似潮水一般。那古廟年久破敗，到處漏水。胡斐與袁紫衣縮在屋角之中，眼見天色漸黑，烏雲竟似要壓到頭頂一般，看來已無法上路。胡斐到灶間找了些柴枝，在地下點燃了作燈，笑道：「大雨不止，咱們只好挨一晚餓了。」

火光映在袁紫衣臉上，紅紅的愈增嬌艷。她自回疆萬里東來，在荒山野地歇宿，原也視作尋常，但孤身與一個青年男子共處古廟，卻是從所未有的經歷，而自從得他援手之後，不禁對他心儀，心頭不由得有股說不出的滋味。

胡斐找些稻草，在神壇上鋪好，又在遠離神壇的地下堆了些稻草，笑道：「呂洞賓睡天上，落水狗睡地下。」說著在地下稻草堆裏一躺，翻身向壁，閉上了眼。

袁紫衣暗暗點頭，心想他果然是個守禮君子，笑道：「落水狗，明天見。」躍上了神壇。她睡下後心神不定，耳聽著急雨打在屋瓦之上，噼噼啪啪亂響，想起在小客店中曾虛打胡斐，卻打了自己，更覺難以為情，忽想：「如果他半夜裏伸手來抱我，那怎麼辦？」「甚麼怎麼辦？自然狠狠的打！」但覺真要狠打，只怕也真捨不得。思前想後，既自傷身世，又覺不該去撩撥人家，今後不知如何著落，不由得垂下淚來，細聽胡斐鼻息漸沉，竟已無心無事的睡去，輕輕的道：「這小泥鰍，他倒睡得著，那也好，他沒想我！」直過了半個多時辰，才矇矓睡去。

睡到半夜，隱隱聽得有馬蹄之聲，漸漸奔近，袁紫衣翻身坐起。胡斐也已聽到，低聲道：「呂洞賓，有人來啦。」馬蹄聲越奔越近，還夾雜著車輪之聲。胡斐心想：「這場大雨自午後落起，中間一直不停，怎地有人冒著大雨，連夜趕路？」車馬到了廟外，一齊停歇。袁紫衣道：「他們要進廟來！」從神壇躍下，坐在胡斐身邊。

果然廟門呀的一聲推開了，車馬都牽到了前殿廊下。跟著兩名車夫手持火把，走到後殿，見到胡袁二人，道：「這兒有人，我們在前殿歇。」當即走了出去。只聽得前殿人聲嘈雜，人數不少，有的劈柴生火，有的洗米煮飯，說的話大都是廣東口音，亂了一陣，漸漸安靜下來。

忽聽一人說道：「不用鋪床。吃過飯後，不管雨大雨小，還是乘黑趕路。」語聲清晰，說的卻是北方話。胡斐聽了這口音，心中一凜。這時後殿點的柴枝尚未熄滅，火光下見袁紫衣也微微變色。

又聽前殿另一人道：「老爺子也太把細啦，這麼大雨……」這時雨聲直響，把他下面的話聲淹沒了。先前說話的那人卻中氣充沛，語音洪亮，聲音隔著院子，在大雨中仍清清楚楚的傳來：「黑夜之中又有大雨，正好趕路。莫要貪得一時安逸，卻把全家性命送了，此處離大路不遠，別鬼使神差的撞在小賊手裏。」

聽到此處，胡斐再無懷疑，心下大喜，暗道：「當眞是鬼使神差，撞在我手裏。」低聲道：「呂洞賓，外邊又是一位掌門人到了，這次就讓我來搶。」

袁紫衣「嗯」了一聲，卻不說話。胡斐見她並無喜容，微感奇怪，緊了緊腰帶，將單刀插在腰帶裏，大踏步走向前殿。

東廂邊七八個人席地而坐，其中一人身材高大，坐在地下，比旁人高出了半個頭，身子向外。胡斐一見他的側影，認得他正是佛山鎮的大惡霸鳳天南。只見他將那條鍍金鋼棍倚在身上，抬眼望天，呆呆出神，不知是在懷念佛山鎮那一份偌大的家業，還是在籌劃對付敵人、重振雄風的方策？胡斐從神龕後的暗影中出來，前殿諸人全沒在意。

西邊殿上生著好大一堆柴火，火上吊著一口大鐵鍋，正在煮飯。胡斐走上前去，飛起左腳，嗆啷啷一聲響，將那口鐵鍋踢得飛入院中，白米撒了一地。

衆人大驚，一齊轉頭。鳳天南、鳳一鳴父子等認得他的，無不變色。空手的人忙搶著去抄兵刃。胡斐見了鳳天南那張白白胖胖的臉膛，想起北帝廟中鍾阿四全家慘死的情狀，氣極反笑，說道：「鳳老爺，這裏是湘妃廟，風雅得很啊。」

鳳天南殺了鍾阿四一家三口，立即毀家出走，一路上晝宿夜行，儘揀偏僻小道行走。他做事也眞乾淨利落，胡斐雖然機伶，畢竟江湖上閱歷甚淺，沒能查出絲毫痕跡。這日若非遭遇大雨，陰差陽錯，決不會在這古廟中相逢。

鳳天南見對頭突然出現，不由得心中一寒，暗道：「看來這湘妃廟是鳳某歸天之處了。」但神態仍十分鎭定，緩緩站起，向兒子招了招手，叫他走近身去，有話吩咐。

胡斐橫刀堵住廟門，笑道：「鳳老爺，也不用囑咐甚麼。你殺鍾阿四一家，我便殺你鳳老爺一家。咱們一刀一個，決不含糊。你鳳老爺與衆不同，留在最後，免得你放心不下，還怕世上有你家人膪著。」

鳳天南背脊上一涼，想不到此人小小年紀，做事居然如此辣手，右手單持金棍，說道：「好漢一人做事一身當，多說廢話幹麼？你要鳳某的性命，拿去便是。」說著搶上一步，呼的一聲，金棍「摟頭蓋頂」，便往胡斐腦門擊下，左手卻向後急揮，示意兒子快走。

鳳一鳴知父親決非敵人對手，危急之際那肯自己逃命？叫道：「大夥兒齊上！」只盼倚多爲勝，挺起單刀，縱到胡斐左側。隨著鳳天南出亡的家人親信、弟子門人，共有十六七人，大半武藝不低，其中有些還是從北方招納來的武師，聽得鳳一鳴呼叫，有八九人手執兵刃，圍將上來。

鳳天南眉頭一皺，心想：「咳！當眞不識好歹。倘若人多便能打勝，我佛山鎭上人還少了嗎？又何必千里迢迢的背井離鄉，逃亡在外？」事到臨頭，也已別無他法，只有決一死戰。他心中存了拚個同歸於盡的念頭，出手反而冷靜，揮棍擊出，不待招術用老，金棍斜掠，拉回橫掃。

胡斐心想此人罪大惡極，一刀送了他性命，報應不足以償惡，見金棍掃到，單刀往上拋出，伸手便去硬抓棍尾，竟一出手便將敵人視若無物。鳳天南暗想我一生闖蕩江湖，還沒給人如此輕視過，不由得怒火直衝胸臆，但佛山鎭上一番交手，知對方武功實非己所能敵，手上絲毫不敢大意，急速收棍，退後兩步。只聽得頭頂禿的一響，衆人雖大敵當前，仍忍不住抬頭看去，卻是胡斐那柄單刀拋擲上去，斬住了屋樑。

胡斐縱聲長笑，衝入人羣，雙手忽起忽落，將鳳天南八九名門人弟子盡數點中穴道，一一甩在兩旁。霎時之間，大殿中心空空蕩蕩，只賸下鳳氏父子與胡斐三人。

鳳天南一咬牙，低聲喝道：「鳴兒你還不走，眞要鳳家絕子絕孫麼？」鳳一鳴兀自遲疑，提著單刀，不知該當上前夾擊，還是奪路逃生？

胡斐身形晃處，已搶到了鳳一鳴背後，鳳天南縱聲大呼，金棍揮出，上前截攔。胡斐忽出右掌在鳳一鳴肩頭力推，鳳一鳴站立不穩，身子前衝，便向棍上撞去。鳳天南大驚，急收金棍，總算他在這棍上下了數十年苦功，在千鈞一髮之際硬生生收回，才沒將兒子打得腦漿迸裂。

胡斐不待鳳一鳴站穩，右手抓住了他後頸，提左掌往他腦門拍落。鳳天南想起他在北帝廟中擊斷石龜頭頸的掌力，這一掌落在兒子腦門之上，怎能還有命在？忙遞出金棍，猛點胡斐左腰，迫使他回掌自救。胡斐左掌舉在半空，稍一停留，待金棍將到腰間，右手抓著鳳一鳴腦袋，猛地往棍頭急送。鳳天南立即變招，改爲「挑袍撩衣」，自下向上抄起，攻敵下盤。胡斐叫道：「好！」左掌在鳳一鳴背上推動，用他身子去抵擋金棍。

數招一過，鳳一鳴變成了胡斐手中的一件兵器。胡斐不是拿他腦袋去和金棍碰撞，便是用他四肢來格架金棍。鳳天南出手稍慢，欲待罷鬥，胡斐便舉起手掌，作勢欲擊鳳一鳴要害，令他不得不救，但相救之下，處處危機，沒一招不是令他險些親手擊斃兒子。又鬥數招，鳳天南心力交瘁，斗地退開三步，將金棍往地下擲落，噹的一聲巨響，地下青磚碎了數塊，慘然不語。

胡斐厲聲喝道：「鳳天南，只你便有愛子之心，人家兒子卻又怎地？」

鳳天南微微一怔，隨即強悍之氣又盛，大聲道：「鳳某橫行嶺南，做到五虎派掌門，生平殺人無算。我這兒子手下也殺過三四十條人命，今日死在你手裏，又算得了甚麼？你還不動手，囉裏囉唆的幹麼？」胡斐喝道：「那你自己了斷便是，不用小爺多費手腳。」鳳天南拾起金棍，慘然苦笑，迴轉棍端，便往自己頭頂砸去。

突然銀光閃動，一條極長的軟鞭自胡斐背後飛出，捲住金棍往外急奪。鳳天南膂力甚強，硬功了得，這一奪金棍竟沒脫手，但自擊之勢，卻也止了。這揮鞭奪棍的正是袁紫衣，她手上使勁再拉，鳳天南金棍仍凝住不動，她卻已借勢躍出。

袁紫衣笑道：「胡大哥，咱們只奪掌門之位，可不能殺傷人命。」胡斐咬牙切齒的道：「袁姑娘你不知道，這人罪惡滔天，非一般掌門人可比。」袁紫衣搖頭道：「我搶奪掌門，師父知道了不過一笑。但若傷了人命，他老人家可要大大怪罪。」胡斐道：「這人是我殺的，跟姑娘毫沒干係。」袁紫衣答道：「不對，不對！搶奪掌門之事，因我而起。這人是五虎派掌門，怎能說跟我沒干係？」胡斐急道：「我從廣東直追到湖南，便是追這惡賊。他是掌門人也好，不是掌門人也好，今日非殺了他不可。」

袁紫衣正色道：「胡大哥，我跟你說正經話，你好好聽著了。」胡斐點了點頭。袁紫衣道：「你不知我師父是誰，是不是？」胡斐道：「我不知道。姑娘這般好身手，尊師定是一位名震江湖的大俠，請問他老人家大名怎生稱呼。」

袁紫衣道：「我師父的名字，日後你必知道。現下我只跟你說，我離回疆之時，我師父對我說道：『你去中原，不管怎麼胡鬧，我都不管，但只要殺了一個人，我立時取你小命。』我師父向來說話，決沒半分含糊。」胡斐道：「難道十惡不赦的壞人，也不許殺麼？」袁紫衣說道：「照啊！那時我也這般問我師父。他老人家道：『壞人本來該殺。但世情變幻，一人到底是好是壞，你小小年紀怎能分辨清楚？世上有笑面老虎，也有虎面菩薩。人死不能復生，只要殺錯一個人，那便終身遺恨。』」

胡斐點頭道：「話是不錯。但這人親口自認殺人無算，他在佛山鎮上殺害良善，是我親眼見到，決錯不了。」袁紫衣道：「我是迫於師命，事出無奈。胡大哥，你瞧在我份上，高抬貴手，就此算了吧！」

胡斐聽她言辭懇切，確是眞心相求，自與她相識以來，從未聽過她以這般語氣說話，不由得心中一動，心想倘若就此與她修好，今後一生，這個美麗活潑的姑娘極可能與自己相伴一起，如此艷福，人生復有何求？一瞥眼間，袁紫衣眉眼盈盈，儘是求懇之意，似乎便要投身入懷；但隨即想起鍾阿四夫婦父子死亡枕藉的慘狀，想起北帝神像座前石上小兒剖腹的血跡，想起佛山街頭惡犬撲咬鍾小二的狠態，一股熱血湧上心頭，大聲道：「袁姑娘，這兒的事你只當沒碰上，請你先行一步，咱們到長沙再見。」

袁紫衣臉色一沉，慍道：「我生平從未如此低聲下氣的求過別人，你卻定然不依。這人跟你又沒深仇大怨，你也不過是爲了旁人之事，路見不平而已。他毀家逃亡，晝宿夜行，也算是怕得你狠了。胡大哥，爲人不可趕盡殺絕，須留三分餘地。」說著走上一步，仰頭瞧著他。

胡斐朗聲說道：「袁姑娘，這人我是非殺不可。我先跟你賠個不是，日後尊師倘若怪責，我甘願獨自領罪。」說著一揖到地。

只聽得唰的一響，袁紫衣銀鞭揮起，捲住了屋樑上胡斐那柄單刀，扯將下來，輕輕一送，捲到了他面前，說道：「接著！」胡斐伸手抓住刀柄，只聽她道：「胡大哥，你先打敗我，再殺他全家，那時師父便怪我不得。」胡斐怒道：「你一意從中阻攔，定有別情。尊師是堂堂大俠，前輩高人，難道就不講情理？」

袁紫衣輕嘆一聲，柔聲道：「胡大哥，你當眞不給我一點兒面子麼？」

火光映照之下，袁紫衣嬌臉如花，低語央求，胡斐不由得心腸軟了，見到她握著銀鞭的手瑩白如玉，一股衝動，便想拋下單刀，伸手去握她的小手。一轉念間，想她如此懇切相求，太過不近情理，其中多半有詐，心道：「胡斐啊胡斐，你若惑於美色，不顧大義，枉爲英雄好漢。你爹爹胡一刀一世豪傑，豈能有你這等不肖子孫？」叫道：「如此便得罪了。」單刀一起，一招「大三拍」，刀光閃閃，已將袁紫衣上盤罩住，左手揚處，一錠紋銀往鳳天南心口打去。

袁紫衣見他痴痴望著自己，似乎已答允自己求懇，正自歡喜，不料他竟會突然出手。兩人相距不遠，這一招「大三拍」來得猛惡，銀絲鞭又長又軟，本已不易抵擋，而他左手又發暗器，但聽風聲勁急，顯得這暗器極重，只怕鳳天南難擋。袁紫衣心念一閃：「他不會傷我！」長鞭甩出，急追上去，噹的一聲，將那錠紋銀打落，對胡斐的刀招竟不封不架。

胡斐知她武功不在自己之下，她武學淵博，許多招式自己從所未見，一動上手，非片時可決，鳳天南父子不免逃走，是以突然發難，但身邊暗器只有錢鏢，便打中也不能致命，便將一錠五兩重的紋銀急擲出去。那日他在河中洗刷時，衣物給袁紫衣搶去，幸好當日奪得曹猛的一批銀兩，放在馬後，幸保不失，這時卻用上了。這一下手勁既重，去勢又怪，眼見定可成功，豈料袁紫衣竟然冒險不護自身，反去相救旁人。

他刀鋒離她頭頂不及數寸，凝臂停住，喝問：「這爲甚麼？」袁紫衣神色歉然，說道：「對不住啦！我迫不得已！」驀地向後縱開丈餘，銀鞭回甩，叫道：「看招罷！」

胡斐舉刀擋架，待要俟機再向鳳天南襲擊，但袁紫衣的銀絲軟鞭一展開，招招殺著，竟不容他有絲毫緩手之機，只得全神貫注，見招拆招。大殿上軟鞭化成個銀光大圈，單刀舞成個銀光小圈，兩個銀圈盤旋衝擊，騰挪閃躍，偶然發出幾下刀鞭撞擊之聲。

鬥到分際，袁紫衣軟鞭橫甩，將神壇上點著的蠟燭擊落地下。胡斐心念一動：「她要打滅燭火，好讓那姓鳳的逃走。」雖知她用意，一時卻無應付之策，只有展開祖傳胡家刀法中練熟了的精妙招數，著著進攻。袁紫衣叫道：「好刀法！」鞭身橫過，架開了一刀，鞭頭已捲住了西殿地下點燃著的一根柴火，向他擲去。

煮飯的鐵鍋雖遭胡斐踢翻，燒得正旺的二三十根柴火卻兀自未熄。胡斐見柴火飛來，不敢揮刀去砸，只怕火星濺開，傷了頭臉，當即躍開閃避，這一閃一避，便不能進擊。袁紫衣緩出手來，將火堆中燃著的柴火隨捲隨擲，一根甫出，二根繼至，一時之間，閃過一道道火光。

胡斐見柴火不斷擲來，又多又快，只得展開輕功，在殿中四下遊走。眼見鳳天南的家人、子弟、車夫僕從一個個溜向後殿，點中了穴道的也給人抱走，鳳天南父子卻目露兇光，站在一旁。他怕鳳天南乘機奪路脫逃，刀光霍霍，身子不離廟門。

鬥了一會，空中飛舞的柴火漸少，掉在地下的也漸次熄滅。

袁紫衣笑道：「胡大哥，今日難得有興，咱們便分個強弱如何？」說著軟鞭揮動，甫點胡斐前胸，隨即轉而打向右脅。胡斐舉刀架開了前一招，第二招來得怪異，忙在地下一個打滾，這才避開。袁紫衣笑道：「不用忙，我不會傷你。」

這句話觸動了胡斐的傲氣，心想：「難道我便眞的輸於你了？」催動刀法，步步進逼。此時大殿正中只餘一段木柴兀自燃燒，聽袁紫衣道：「我這路鞭法招數奇特，可要小心了！」突然風雷之聲大作，轟轟隆隆，不知她軟鞭中如何竟能發如此怪聲。胡斐叫了聲：「好！」先自守緊門戶，要瞧明白她鞭法的要旨。忽聽得必卜一聲，殿中的一段柴火爆裂開來，火花四濺，火光中但見袁紫衣容貌如花，臉生紅暈，眼色溫柔，全無敵意，目光中似怨似責，又似有些自怨自艾，胡斐不明甚意，一怔之下，火光隱滅，殿中黑漆一團。

這時雨下得更加大了，打在屋瓦之上，唰唰作聲，袁紫衣的鞭聲夾在其間，隆隆震耳。胡斐雖然大膽，當此情景，也不禁慄慄自危，猛地裏一個念頭如電光石火般在心中一轉：「那日在佛山北帝廟中，鳳天南要舉刀自殺，有個女子用指環打落他單刀。瞧那女子的身形手法，定是這位袁姑娘了。」想到此處，胸口更是一涼：「她跟我結伴同行，原來意欲不利於我。」不知怎地，心中感到的不是驚懼，而是一陣失望和淒涼，意念稍分，手上便也略懈，刀頭竟給軟鞭捲住，險些脫手，忙運力迴奪。

袁紫衣究是女子，招數雖精，膂力卻不及胡斐，胡斐數年來勤修內功，內力已不下於一流高手，給他一奪之下，袁紫衣手臂發麻，手腕外抖，軟鞭鬆開刀頭，鞭梢兒轉，順勢點他膝彎的「陰谷穴」。胡斐閃身避過，還了一刀。

這時古廟中黑漆一團，兩人只憑對方兵刃風聲招架。胡斐全神戒備，心想：「單是這位袁姑娘，我已難勝，何況還有鳳天南父子相助。」他料定袁紫衣與鳳天南必屬同黨，今日顯是落入了敵人圈套。

兩人又拆數招，都是每一近身便遇凶險。胡斐唰的一刀，翻腕急砍，袁紫衣身子急仰，只覺冷森森的刀鋒掠面而過，相距不過數寸，不禁一驚，察覺他下手已毫不容情，說道：「胡大哥，你眞生氣了麼？」話聲中似乎要哭了出來，顯得又焦急，又失望，軟鞭輕抖，向後躍開。

胡斐道：「我沒生氣，你知道的，我心裏對你好得很。」說話時凝神傾聽鳳天南父子的所在，防他們暗中忽施襲擊。袁紫衣柔聲道：「你知道的，我其實對你也這樣。」突然軟鞭甩出，勾他足踝。這一鞭來得無聲無息，胡斐猝不及防，躍起已自不及，忙伸刀在地下一拄，欲待擋開她軟鞭，不料那軟鞭一捲之後隨即向旁急帶，卸開了胡斐手上抓力，輕輕巧巧的便將單刀奪了去。

這一下奪刀，招數狡猾，勁力巧妙，胡斐暗叫不好，兵刃脫手，今日莫要喪生在這古廟之中，當下不守反攻，縱身前撲，直欺進身，伸掌抓她喉頭。這一招「鷹爪鉤手」

招數狠辣，他依拳譜所示練熟，但生平從未用過。袁紫衣只覺得一股熱氣湊近，敵人手指已伸到了自己喉頭，此時軟鞭已在外緣，要想迴轉擋架，又怎來得及？只得鬆手後仰，嗆啷一響，刀鞭同時落地。

胡斐一抓得手，第二招「進步連環」，跟著追擊。袁紫衣反手一指，戳中在胡斐右臂外緣，黑暗中瞧不清對方穴道，這一指戳在肌肉堅厚之處，手指一拗，「啊喲」一聲呼痛。胡斐黑暗中聞到袁紫衣身上淡淡香氣，左臂伸出圈轉，一個軟軟的身子已圈入臂中。袁紫衣叫道：「放開我！」胡斐一驚，鬆開手臂，向後躍開。袁紫衣嗤的一笑，讚道：「小胡斐，好乖！」

兩人這麼一來，出手登時懈了，雖在黑暗之中赤手搏拳，都不欲傷了對方，均是守禦多，進攻少，一面打，一面便俟機去搶地下兵刃。數招一過，胡斐隨即想起，這般鬥將下去，必給鳳天南父子逃了，手上又即加勁。袁紫衣心下一驚，暗想：「他怎地忽然又如此兇狠？」

她自出回疆以來，會過不少好手，卻以今晚這一役最稱惡鬥，突然間身法一變，四下遊走，再不讓胡斐近身。胡斐見對方既不緊逼，當下也不追擊，只守住了門戶，側耳靜聽，要查知鳳天南父子躲在何處，立即發掌先將兩人擊斃。但袁紫衣奔跑迅速，衣襟帶風，掌力發出來也呼呼有聲，竟聽不出鳳天南父子的呼吸。袁紫衣心想：「他如再抱住我，我便不叫『放開！』瞧他怎麼樣？」可是胡斐竟不再迫近，心下微感失望。

胡斐尋思：「她既四下遊走，我便來個依樣葫蘆。」當下從東至西，自南趨北，依著「大四象方位」，斜行直衝，隨手胡亂發掌，只要鳳天南父子撞上了，不死也得重傷，便算不撞上，一架一閃，便可發覺他父子藏身所在。

兩人本來近身互搏，此時突然各自盲打瞎撞，似乎互不相關，但只要有誰躍近兵刃跌落之處，另一人立即衝上阻擋，數招一過，又各避開。

胡斐在殿上轉了一圈，沒發覺鳳天南父子的蹤跡，心想：「莫非他已溜到了後殿？不對不對！眼下彼強我弱，他三人合力齊上，足可制我死命。定是他正在暗中另佈陷阱，誘我入彀。大丈夫見機而作，今日先行脫身，再圖後計。」慢慢走向殿門，要待俟機躍出。忽聽得呼喇一響，一股極猛烈的勁風撲面而來，黑暗中隱約瞧來，正是一個魁梧的人形撲到。胡斐大喜，叫道：「來得好！」雙掌齊出，砰的一聲，正擊在那人胸前。這兩掌他用上了十成之力，鳳天南當場便得筋折骨斷，立時斃命。

但手掌甫與那人相觸，便知上當，著手處又硬又冷，掌力既發，便收不回來，四下裏泥屑紛飛，瑟瑟亂響，撲來的竟是廟中神像。又是砰蓬一聲巨響，神像直跌出去，撞在牆上，登時碎成數截。袁紫衣笑道：「好重的掌力！」這聲音發自山門之外，跟著嗆啷嗆啷一響，卻是軟鞭與單刀都已爲她搶去。

胡斐尋思：「兵刃遭奪，該當上前續戰，還是先求脫身？」對方雖是少女，但武功強極，實在輕忽不得，各持兵刃相鬥尚且難分上下，現下她有軟鞭，自己只餘空手，勢所不敵，何況她尚有幫手？念頭甫在心中一轉，忽聽得馬蹄聲響，袁紫衣叫道：「南霸天，怎麼就走了？可太不夠朋友了！」雨聲中馬蹄聲又響，聽得她上馬追去。

胡斐暗叫：「罷了，罷了！」這一下可說一敗塗地。雖想鳳天南的家人弟子尚在左近，若要出氣，定可追上殺死一批，但罪魁已去，卻去尋這些人的晦氣，不是英雄所爲。他從懷中取出火摺，點燃了適才熄滅的柴火，環顧殿中，只見那湘妃神像頭斷臂折，碎成數塊，四下裏白米柴草撒滿了一地。廟外大雨兀自未止。

他瞧著這番惡鬥的遺跡，想起適才凶險，不由得暗自心驚，看了一會，坐在神壇前的木拜墊上，望著一團火光，呆呆出神。想到明明已將這嬌美的姑娘抱在手裏，卻又放了她，只賺得她讚一句「小胡斐，好乖！」心想：「哼哼！要是我不乖，那又怎樣？」

又想：「袁姑娘與鳳天南必有瓜葛，那是確定無疑的了。這南霸天既有如此強援，再加上佛山鎭上人多勢衆，制我足足有餘，卻何以要毀家出走？他們今日在這古廟中設伏，我已中計，倘若齊上圍攻，我大有性命之憂，何以既佔上風，反而退走？瞧那鳳天南的神情，兩次自戕，半點不假，那麼袁姑娘暗中相助，或許他事先並不知情。」

再想起袁紫衣武功淵博，智計百出，每次與她較量，總給她搶了先著。適才黑暗中激鬥，唯恐慘敗，將她視作大敵，此時回思，想到她甜美的笑容、俏皮的說話，忍不住嘴角邊忽露微笑，胸中柔情暗生：「我說：『我心裏對你好得很。』她接著說：『你知道的，我其實對你也這樣。』難道……難道她心裏眞也對我好得很？」不由得一陣狂喜。

不自禁想到：「我跟她狠鬥之時，出手當眞是毫不留情？」這一問連自己也難回答，似乎確已出了全力，但似乎又未眞下殺手。「當她撲近劈掌之時，我那『穿心錐』的厲害殺著爲何不用？我一招『上馬刀』砍出，她低頭避過，我爲甚麼不跟著使『霸王卸甲』？胡斐啊胡斐，你是怕傷著她啊。」突然心中一動：「她那一鞭剛要打到我肩頭，忽地收轉，那是有意相讓呢，還是不過湊巧？還有，那一腳踢中了我左腿，何以立時收力？」

回憶適才招數，細細析解，心中登時感到一絲絲甜意：「她決不想傷我性命！她決不想傷我性命！難道……難道……她心裏當眞對我好得很？」想到這裏，不敢再往下想，只覺得腹中飢餓，提起適才踢翻了的鐵鍋，鍋中還賸著些白米，將倒瀉在地的白米抓起幾把，在大雨中沖去泥污，放入鍋中，生火煮了起來。

過不多時，鍋中漸漸透出飯香，他嘆了一口長氣，心想：「倘若此刻我和她並肩共炊，那是何等風光？又若今後數十年，我得能時時和她良夜並肩共炊，那就勝過神仙了。偏生鳳天南這惡賊闖進廟來。」轉念一想：「與鳳天南狹路相逢，原是佳事。我胡思亂想，可莫誤入了歧途。」心中暗自警惕，但袁紫衣巧笑嫣然的容貌，總是在腦海中盤旋來去，米飯漸焦，竟自不覺。

就在此時，廟門外腳步聲響，啊的一聲，廟門輕輕推開。胡斐大喜，躍起身來，心道：「她回來了！」

火光下卻見進來兩人，一個是身形瘦削的老者，臉色枯黃，正是在衡陽楓葉莊見過的劉鶴眞，另一人是個二十餘歲的少婦。

那劉鶴眞一隻手用青布纏著，掛在頸中，顯是受了傷。那少婦走路一蹺一拐，腿上受傷也自不輕。兩人全身盡濕，模樣狼狽。胡斐正待開口招呼，劉鶴眞漠然向他望了一眼，向那少婦道：「你到裏邊瞧瞧！」那少婦道：「是！」從腰間拔出單刀，走向後殿。劉鶴眞靠在神壇上喘息幾下，突然坐倒，側耳傾聽廟外聲息。

胡斐見他並未認出自己，心想：「那日楓葉莊比武，人人都認得他和袁姑娘。我雜在人羣之中，這樣一個鄉下小子，他自不會認得了。」揭開鍋蓋，焦氣撲鼻，卻有半鍋飯煮得焦了。胡斐微微一笑，伸手抓了個飯團，塞在口中大嚼，料想劉鶴眞見了自己這副吃飯的粗魯模樣，更當不在意下。

過了片刻，那少婦從後殿出來，手中執著一根點燃的柴火，向劉鶴眞道：「沒甚麼。」劉鶴眞吁了口氣，顯是戒備之心稍懈，閉目倚著神壇養神，衣服上的雨水在地下流成了一條小溪流，水中混著鮮血。那少婦也筋疲力盡，與他偎倚在一起，動也不動。兩人神情似是對夫婦，只老夫少妻，年紀不稱。

胡斐心想：「憑著劉鶴眞的功夫，武林中該當已少敵手，怎會敗得如此狼狽？可見江湖間天上有天，人上有人，委實大意不得。」便在此時，隱隱聽得遠處又有馬蹄聲傳來。

劉鶴眞霍地站起，伸手到腰間一拉，取出一件兵刃，是一條鏈子短槍，說道：「青萍，你快走！我留在這兒跟他們拚了。」又從懷裏取出一包尺來長之物，交在她手裏，低聲道：「你送去給他。」那少婦眼圈兒一紅，說道：「不，要死便大家死在一起。」劉鶴眞怒道：「咱們千辛萬苦，負傷力戰，爲的是何來？此事若不辦到，我死不瞑目，你快從後門逃走，我來纏住敵人。」那少婦兀自戀戀不肯便行，哭道：「老爺子，你我夫妻一場，我沒好好服侍你，便這麼……」劉鶴眞頓足道：「你給我辦妥這件大事，比甚麼服侍都強。」左手急揮，道：「快走！」

胡斐見他夫妻情重，難分難捨，心中不忍，暗想：「這劉鶴眞爲人正派，不知是甚麼人跟他爲難，既教我撞見了，可不能不理。」

馬蹄聲在廟門外停住，聽聲音共是三匹坐騎，兩匹停在門前，一匹繞到了廟後。劉鶴眞臉現怒色，道：「給人家堵住了後門，走不了啦。」那少婦四下一望，扶著丈夫，爬上神壇，躲入神龕，向胡斐做個手勢，滿臉求懇，請他不可洩漏。

神龕前的黃幔垂下不久，廟門中走進兩個人來。胡斐仍坐在地，抓著飯團咀嚼，斜目向那兩人瞧去，饒是江湖上的怪人見過不少，此刻也不禁一驚。這兩人雙目向下斜垂，眼成三角，一大一小，鼻子大而且扁，鼻孔朝天，相貌難看已極。

兩人向胡斐瞧了瞧，並不理會，一左一右，走到後殿，不多時重又出來，院子中輕輕一響，一人從屋頂躍下。原來當兩人前後搜查之際，堵住後門那人已躍在屋頂監視。胡斐心道：「這人的輕功好生了得！」人影一晃，那人也走進殿來。他形貌與先前兩人無大差別，一望而知三人是同胞兄弟。

三人除下身上披著的油布雨衣，胡斐又是一驚，三人披麻帶孝，穿的是毛邊粗布喪服，草繩束腰，麻布圍頸，當是剛死了父母，正在服喪。大殿上全憑一根柴火照明，雨聲淅瀝，涼風颼颼，吹得火光忽明忽暗，將三個人影映照在牆壁之上，倏大倏小，宛似鬼魅。

只聽最後進來那人道：「大哥，男女兩個都受了傷，又沒坐騎，照理不會走遠，左近又沒人家，卻躲去了那裏？」那年紀最大的人道：「多半躲在甚麼山洞草叢之中。咱們休嫌煩勞，便到外面搜去。他們雖傷了手足，但傷勢不重，那老頭手下著實厲害，須得小心。」另一人轉身正要走出，突然停步，問胡斐道：「喂，小子，你有沒見到一個老頭和一個年輕堂客？」胡斐口中嚼飯，惘然搖了搖頭。

那大哥四下瞧了瞧，見地下七零八落的散滿箱籠衣物，一具神像又在牆腳下碎成數塊，心中起疑，仔細察看地下的帶水足印。

劉鶴真夫婦冒雨進廟，足底下自然拖泥帶水。胡斐眼光微斜，已見到神壇上的足跡，忙道：「剛才有好幾個人在這裏打架，有男有女，有老有少，把湘妃娘娘也打在地下。有的逃，有的追，都騎馬走了。」

那三弟走到廊下，果見有許多馬蹄和車輪的泥印，兀自未乾，相信胡斐之言不假，回進來問道：「他們朝那一邊去的？」

胡斐道：「好像是往北去的。小的躲在桌子底下，也不敢多瞧……」那三弟點點頭，道：「是了！」取出一小錠銀子，約莫有四五錢重，抛在胡斐身前，道：「給你吧！」胡斐連稱：「多謝。」拾起銀子不住撫摸，臉上顯得喜不自勝，心想：「這三人惡鬼一般，武功不弱，要是追上了鳳天南他們，亂打一氣，倒也是一場好戲。」

那二哥道：「老大，老三，走吧！」三人披上雨衣，走出廟門。胡斐依稀聽到一人說道：「這中間的詭計定然厲害，無論如何不能讓他搶在前頭……」又一人道：「倘若截攔不住，不如趕去報信。」先前那人道：「唉，咱們的說話，他怎肯相信？何況……」

這時三人走入大雨之中，以後的說話給雨聲掩沒，再聽不到了。

胡斐心中奇怪：「不知是甚麼厲害詭計？又要去給誰報信了？」聽得神龕中喀喇幾聲，那少婦扶著劉鶴眞爬下神壇。日前見他在楓葉莊與袁紫衣比武，身手何等矯捷，此時便爬下一張矮矮神壇，也顫巍巍的唯恐摔跌，胡斐心想：「怪不得他受傷如此沉重。那三個惡鬼聯手進攻，原也難敵。」

劉鶴眞下了神壇，向胡斐行下禮去，說道：「多謝小哥救命大恩。」胡斐連忙還禮，他不欲透露身分，仍裝作鄉農模樣，笑道：「那三個傢伙強橫霸道，兇神惡煞一般，開口便小子長、小子短的，我才不跟他們說眞話呢。」劉鶴眞道：「我姓劉，名叫鶴眞，她是我老婆。小哥你貴姓啊？」胡斐心想：「你既跟我說眞姓名，我也不能瞞你。但我的名字不像鄉農，須得稍稍變上一變。」說道：「我姓胡，叫做胡阿大。」他想爹媽只生我一人，自稱阿大，也非說謊。

劉鶴眞道：「小哥心地好，將來後福無窮……」說到這裏，眉頭一皺，咬牙忍痛。那少婦急道：「老爺子，怎麼啦？」劉鶴眞搖了搖頭，倚在神壇上不住喘氣。

胡斐心想他夫婦二人必有話說，自己在旁不便，說道：「劉老爺子，我到後邊睡去。」點了一根柴火，走到後殿。

火光下瞧著鋪在神壇上的那堆稻草，不禁呆呆出神，沒多時之前，袁紫衣還睡在這堆稻草之上，想不到變故陡起，玉人遠去，只賸下夜雨淒淒，古廟寂寂，不知日後是否尙能相見一面？

過了良久，手中柴火爆了個火花，才將思路打斷，猛然想起：「啊喲不好，我那本拳經刀譜給她盜了去！此刻我尙能跟她打成平手，等她瞧了我的拳經刀譜，那時我每一招每一式她都了然於胸，豈非一動手便能制我死命？」滿胸柔情，登時化爲懼意，一抛柴火，頹然倒在地下稻草之上。

一躺下去，剛好壓在自己的包袱上，覺得包袱似乎大了許多，他本來將包袱當作枕頭，後來聽到鳳天南話聲，出去尋仇，那包袱該當仍留在頭邊，此刻卻移到了腰下。胡斐大是奇怪，心想：「劉鶴眞夫婦與那三兄弟都到後殿來過，難道他們動了我包袱？」晃火摺再點燃柴火，打開包袱一看，不由得呆了。

只見除了原來的衣物銀兩外，多了一套外衣、一套襯裏衣褲、一雙鞋子、一雙襪子。這些衣褲鞋襪本是他的，那日給袁紫衣推入泥塘，下河洗澡時除了下來，便都給她取了去。想不到此時衣褲鞋襪都已洗得乾乾淨淨，衣袖上原有的一個破孔也已縫補整齊。他翻開衣服，那本拳經刀譜正在袋中，整整齊齊，全無殘缺，登時大爲寬心。刀譜之旁另放著一隻三寸來長的碧玉鳳凰。

這玉鳳凰雕刻得極是精致，紋路細密，通體晶瑩，觸手生溫。

胡斐呆了半晌，包上包袱，手中卻拿了那隻玉鳳凰，吹滅柴火，躺在稻草堆裏，思潮起伏：「若說她對我好，何以要救鳳天南，竭力跟我作對？若說對我不好，這玉鳳凰，這洗乾淨、縫補好的衣服鞋襪又爲了甚麼？」

一時睜大了雙眼，那裏還睡得著？黑暗之中，依稀聞到袁紫衣身上的淡淡幽香，伸出臂去，似乎抱到了她軟軟的腰肢，心想：「我抱住了她，她叫我放開，我便放開！她如心裏當眞對我好得很，那麼叫我放開是假的，我是個大傻瓜，其實不該放開，我好後悔。她叫我放開，此刻後不後悔呢？」

胡斐躺在稻草之中，隱約聞到一股淡淡的幽香，也不知是出於自己想像，還是袁紫衣當眞留下了香澤，一時不由得又喜又愁，心情盪漾，神馳遠方蹄聲。

第八章　江湖風波惡

突然殿門口火光閃動，劉鶴眞手執柴火，靠在妻子臂上，緩緩走進後殿，說道：「還是在這兒睡一會兒罷。」說著逕往神壇走去，瞧模樣便要睡在袁紫衣剛才睡過的稻草中。胡斐少年人心性，一見大急，忙道：「劉老爺子，你爬上爬下不便，在地下睡方便得多，我的鋪位讓你。」提起包袱，奔到神壇旁邊，伸腳跨上，搶先在稻草堆中躺下了。劉鶴眞謝道：「小哥心地眞好。」

胡斐躺在稻草之中，隱約聞到一股淡淡的幽香，也不知是出於自己想像，還是袁紫衣當眞留下了香澤，一時又喜又愁，又伸手去撫摸懷中那隻玉鳳凰，不由得心情盪漾，神馳遠方蹄聲。

過了一會，忽聽劉鶴眞低聲道：「青萍，這位小哥爲人眞好，咱夫婦倆須得好好報答他才是。」那名叫青萍的少婦道：「是啊，若不是他一力遮掩，這廟中躺著的，那就是咱夫妻的兩具屍首啦。」劉鶴眞嘆了口氣，說道：「適才當眞險到了極處，鍾氏三兄弟若要爲難這位小哥，我便拚了老命不要，也得救他。」青萍道：「這個自然，這位小哥雖只是個尋常鄉下少年，不是江湖道的，但將心比心，別人以俠義心腸相待，我們便得以俠義心腸報答。這位小哥雖不會武功，爲人卻勝過不少江湖豪傑呢。」

劉鶴眞道：「低聲！莫吵醒了他。」接著低低喚了幾聲：「小哥！小哥！」胡斐並沒睡著，但聽他們極力誇讚自己，料知他又要開口稱謝，未免不好意思，假裝睡熟，並不答應。青萍低聲道：「他睡著了。」劉鶴眞道：「嗯！」隔了一會，又低聲道：「青萍，剛才我叫你獨自逃走，你怎不走？」語氣中大有責備之意。

青萍黯然道：「唉！你傷得這麼重，我怎能棄你不顧？」劉鶴眞道：「自從我那老伴過去後，我只道從此一世孤苦伶仃了。不料有你跟著我，對我又這般恩愛。我又怎捨得跟你分開？可是你知這封信干係何等重大，若不送到金面佛苗大俠手中，不知有多少仁人義士要死於非命……」

胡斐聽到「金面佛苗大俠」六字，心中一凜。他知苗人鳳與自己父親生前有莫大牽連，據江湖傳言，自己父親便死在他手中，但每次詢問撫養自己長大的平四叔，他總說此事截然不確，現下自己年紀尚小，將來定會原原本本的詳述經過。平阿四自跟胡斐在商家堡脫險後，便到河北滄州一個偏僻鄉村隱居，平時胡斐也極少前去探訪，生恐閻基跟蹤，追索拳經刀譜，傷害了平阿四。胡斐武藝未成，也不知是否有把握敵得過閻基，因此父仇詳情也未得平阿四告知。

胡斐當年在商家堡中，曾跟苗人鳳有過一面之緣，但覺他神威凜凜，當時幼小的心靈之中，對他大爲欽服。直到此時，生平所遇的人物之中，眞正令他心折的，也只趙半山與苗人鳳兩人而已。趙半山和他拜了把子，苗人鳳卻沒跟他說過一句話，連眼角也沒瞥過他一下，然而每次想到此人，總覺爲人該當如此，才算得英雄豪傑。

青萍低聲道：「禁聲！此事機密萬分，便在無人之處，也不可再說。」劉鶴眞道：「是啦！咱們這番奔走，是爲了無數仁人義士，實無半點私心在內。皇天有靈，定須保佑咱們成功。」這幾句話正氣凜然。胡斐暗暗佩服，心道：「這是俠義之事，不管苗人鳳於我有恩還是有仇，我定當相助劉鶴眞將信送到。」

兩夫妻此後不再開口。過了良久，胡斐矇矇矓矓，微有睡意，合上眼正要入睡，忽聽北面又有馬蹄聲響，鍾氏兄弟三乘去而復回。胡斐微微一驚：「這三人再回廟來，此番劉鶴眞定難躲過，不如我到廟外去打發了他們。便算不敵，也好讓劉氏夫婦乘機逃走，去送那封要緊書信。」將包袱縛在背上，輕輕溜下神壇，走出廟門，向鍾氏三兄弟的坐騎迎去。

此時大雨已停，路面積水盈尺，胡斐踐水奔行，片刻之間，黑暗中見三騎馬頭尾相接的奔來，看身形正是鍾氏三雄。他在路中一站，雙手張開，大聲喝道：「此山是我開，此樹是我栽，若要從此過，留下買路財！」

當頭的鍾老三啞然失笑，喝道：「那裏鑽出來的小毛賊！」一提馬韁，縱馬便往胡斐身上衝來。胡斐左手倏地伸出，抓住馬韁一勒，那馬這一衝不下數百斤之力，但給他一勒，登時倒退幾步。他跟著使出借力之技，順著那馬倒退之勢，連送帶掀，一匹高頭大馬竟爾站立不定，砰的一聲，翻倒在地。總算鍾老三見機得快，先自躍在路邊。

這一來，鍾氏三兄弟盡皆駭然，鍾老大與鍾老二同時下馬，三人手中已各拿著一件奇形兵刃。這時即將黎明，但破曉之前，有一段短短時光天色更暗，兼之大雨雖停，滿天黑雲迄未消散，胡斐雖睜大了眼睛，仍瞧不清三人手中是甚麼兵刃。

一人粗聲粗氣的說道：「鄂北鍾家兄弟路經貴地，未曾登門拜訪，極是失禮。請教閣下尊姓大名？」他三人聽胡斐口音稚嫩，知他年歲不大，本來絲毫沒放在心上，待見他勒推之下，竟將一匹健馬掀翻在地，功夫非同小可，不由得聳然改容。老大鍾兆文出口叫字號，言語中頗具禮敬。胡斐雖滑稽多智，生性卻非輕浮，聽得對方說話客氣，便道：「在下姓胡，沒請教三位鍾爺大號。」

鍾兆文心想：「我鍾氏三雄名滿天下，武林中人誰不知聞？你聽了『鄂北鍾家兄弟』六字，還要詢問名號，見識可也忒淺了。」答道：「在下草字兆文，這是我二弟兆英，三弟兆能。我三兄弟有急事在身，請胡大哥讓道。胡大哥既在此處開山立櫃，我們兄弟回來，定當專誠道謝。」說著將手一拱。以他一個江湖上的成名人物，對後輩說話如此謙恭，也算難得之極了，只因胡斐一出手顯露了極強武功，知此人難鬥，又想他未必只孤身一人，若另有師友在側，就更加棘手。

胡斐抱拳還禮，說道：「鍾老師太過多禮。晚輩年輕，愧不敢當，得罪莫怪。三位可是去找那劉鶴眞夫婦麼？」言語也極盡禮敬。

這時天色漸明，鍾氏三雄已認出這眼前之人，便是適才在湘妃廟所見的鄉下少年。三兄弟互瞧了一眼，均想：「這次可走了眼啦，原來這小子跟劉鶴眞夫婦是一路。」晨光熹微之中，胡斐也已瞧明白鍾氏三兄弟手中的奇形兵刃。但見鍾兆文手執一塊尺許長的鐵牌，上面隱約刻得有字；鍾兆英拿的是根哭喪棒；鍾兆能手中的物件更加奇怪，竟是一桿揷在死人靈座上的招魂幡，在晨風之中一飄一盪，模樣詭奇。三人相貌醜陋，衣著怪異，再經這三件凶險的兵刃一襯，不用動手已令人神爲之奪。胡斐只怕他們突然發難，自己可不知這三件奇門兵刃的厲害處，全神戒備，不敢稍有怠忽。

鍾兆文道：「閣下跟劉鶴眞老師怎生稱呼？」胡斐道：「在下和劉老師今日是第二

次見面，素無淵源。只是見三位相逼過甚，想代他說一個情。常言道得好：能罷手時便罷手，得饒人處且饒人。劉老師夫婦既已受傷，三位便容讓幾分如何？」

鍾兆英心中急躁，暗想在此耗時已久，莫要給劉鶴眞乘機走了，當下向大哥使個眼色，慢慢移步，便想從胡斐身旁繞過。

胡斐雙手一張，說道：「三位跟劉老師有甚過節，在下全不知情。但那劉老師有要事在身，且讓他辦完之後，三位再找他晦氣如何？那時在下事不干己，自不敢冒昧打擾。」鍾兆文怒道：「我們就是不許他去辦這件事。你到底讓不讓道？」

胡斐想起劉鶴眞夫婦對答之言，說那通書信干連無數仁人義士的性命，見鍾氏三兄弟形貌兇狠，裝扮和兵刃都極盡詭異，雖不知他三人來歷，料想不見得是甚麼好人，看來若不動手，此事難以善罷，哈哈一笑，說道：「要讓路那也不難，只須買路錢三百兩銀子。」

鍾兆英大怒，一擺哭喪棒，上前便要動手。鍾兆文左手一攔，說道：「二弟且慢！」探手入懷，取出四隻元寶，道：「這裏三百兩銀子足足有餘，便請取去。」鍾兆英叫道：「大哥，你幹甚麼？」他想鍾氏三雄縱橫荆楚，怎能對一個後輩如此示弱？但鍾兆文知事機急迫，非趕快將劉鶴眞截下不可，事有輕重緩急，胡斐這樣個無名少年，合三兄弟之力勝之不武，稍有躭擱，便誤了大事，因此聽他說要買路錢，便取三百兩銀子給他。

這一著可也大出胡斐的意料之外，他笑嘻嘻的搖了搖頭，卻不伸手去接，說道：「多謝，多謝！鍾老師說這四隻元寶不止三百兩，可是晚輩的定價只是一百兩銀子一位，三位共是三百兩，倘若多取，未免太不公道。這樣吧，咱們同到前面市鎮，找一家銀鋪，請掌櫃的秤了剪開，晚輩只要三百兩，不敢多取一分一毫……」

鍾氏三雄聽到此處，垂下的眉毛都豎了上來。鍾兆文將銀子往懷裏一放，說道：「二弟，三弟，你們先走。」向胡斐叫道：「亮兵刃吧。在下討教老弟高招。」

胡斐見他神閒氣定，實是個勁敵，自己單刀已給袁紫衣搶走，此時赤手空拳鬥他三人，只怕難以取勝。他一想到袁紫衣，心中微微一甜，但隨即牙齒一咬，心想若非你取去我兵刃，此時也不致處此險境，見鍾兆英、兆能兄弟要從自己身側繞過，卻如何阻擋？心念動處，倏地側身搶上兩步，右拳伸出，砰的一聲，擊在鍾兆文所乘的黃馬頭頂。這一拳他使了重手法，附有內力，正是胡家拳譜中所傳極厲害的殺著，他以多年之功方始練成。那黃馬立時腦骨碎裂，委頓在地，一動也不動的死了。

這一下先聲奪人，鍾氏三雄都是一呆。胡斐順手抓起黃馬的馬鞍，微一用力，馬肚帶已然迸斷，他將馬鞍擋在胸前，雙手各持一根鐙帶，說道：「得罪了！只因在下未攜兵刃，只好借這馬鞍一用，請三位前輩見諒！」說著左手的鐵鐙揮出，襲向鍾兆英面門，右手鐵鐙橫擊鍾兆能右脅，雙鐙齊出，攔住兩人去路。

鍾氏三雄又驚又怒。三兄弟本來都使判官筆，但八年前敗於苗人鳳手下，引爲奇恥大辱，從此棄筆不用，三人各自練了一件奇形兵刃，八年苦練，武功大進，滿心要以新兵刃去和苗人鳳再決雌雄，豈知在這窮鄉僻壤之間，竟受這無名少年的攔阻。鍾兆文一聲呼嘯，兆英、兆能齊嘯相應，嘯聲中陰風惻惻，寒氣森森。胡斐聽了，不由得心驚，見三人舉起鐵靈牌、哭喪棒、招魂幡，分自三面攻上，當即將馬鞍護在胸前當作盾牌，雙手舞動鐵鐙，便似使著一對流星鎚，居然有攻有守。

他拳腳和刀法雖精，卻不似袁紫衣般精通多家門派武功，這流星鎚的功夫他從未練過，只仗著心靈手快，武學根柢高人一等，這才用以施展抵擋。雖說一法通，萬法通，武學高強之士即令只一竹一木在手，亦能用以克敵護身，但鍾氏三雄究是一流好手，以本身功力而論，每人均較他深厚。幸好他全然不會流星鎚的招術，這才與三人拆了二三十招，尚未落敗。

鍾氏三雄見多識廣，見胡斐拿了兩隻馬鐙當作流星鎚使，便即著意辨認他武功家數。見他右手馬鐙橫擊而至，心想這是山東青州張家流星鎚法中的一招「白虹貫日」，左手馬鐙也必順勢橫擊。那知胡斐見鍾兆英的哭喪棒正自下向上挑起，頭頂露出空隙，當即抖動馬鐙，當頭壓落。鍾氏三雄心中奇怪：「這是甚麼家數？」

胡斐見鍾兆英舉棒封格，右手馬鐙逕向鍾兆能掃去。三兄弟暗暗點頭，心想：「是了，原來他是陝西延州褚十鎚的門下，這一下『揚眉吐氣』，下半招定是將雙鐙當胸直盪過來了。」三人見過他推馬擊馬，膂力沉雄，倘若雙鎚當胸直盪，那可大意不得，當下三人各舉兵刃挺在胸間，齊運眞力，要硬接硬架他這一盪。不料胡斐全不知「揚眉吐氣」是甚麼招數，見三人舉兵刃護胸，雙鐙驀地下掠，擊向三人下盤。三兄弟嚇了一跳：「怎麼用起『翻天覆地』的招數來？」

鍾兆能一面招架，一面叫道：「喂，太原府『流星趕月』童老師是你甚麼人？莫非大水沖倒龍王廟麼？」山西太原府童老師童懷道善使流星雙鎚，外號人稱「流星趕月」，跟鍾氏三雄老大鍾兆文是莫逆之交，那「翻天覆地」的招數，正是他門中的單傳絕技，別家使流星鎚的決不會用。胡斐誤打誤撞，這一招使得依稀彷彿，他聽鍾兆能相詢，笑道：「童老師是我師弟。」跟著雙鐙直揮過去。鍾兆能心想童老師做你爺爺也勉強做得了，怎能是你師弟？「呸」的一聲，罵道：「混小子胡說八道！」

三人見他馬鐙的招數神出鬼沒，沒法摸準他武學師承，均自奇怪：「我們那一家那一派的流星鎚沒見過？這小子可當眞邪門了。」本來動手過招，若能識得對方武功家數，自能佔敵機先，但鍾氏三雄連猜幾次全都猜錯，心神亂了，所使的招數竟大不管用。皆因胡斐神拳斃馬，使得三人心有所忌，否則也用不著辨認他家數門派，一上手便各展絕招，胡斐早已糟了。

二十餘招後，鍾氏三雄見他雙鐙的招數雖奇，威力卻也不強，於是各展八年來苦練的絕技，牌、棒、幡三件奇形兵刃的怪招源源而發。鍾兆文的靈牌是鑌鐵鑄成，走的全是剛猛路子，硬打硬砸，胡斐此時看得清楚，牌上寫的是「一見生財」四字。鍾兆能的招魂幡卻全是柔功，那幡子布不像布，革不像革，馬鐙打上去時全不受力，但若給幡子拂中身體，想來滋味必定極不好受。鍾兆英的哭喪棒卻介乎剛柔之間，大致是桿棒的路子，又雜著鞭鐧的家數。三兄弟兵刃不同，三件兵刃的木柄卻仍當判官筆使，可用以點穴打穴，剛柔相濟，互輔互成。胡斐暗暗叫苦，情知再鬥下去非敗不可，突然雙掌回轉，托在馬鞍之後，向外急推。呼的一聲響，馬鞍疾飛而前。

鍾氏三雄急躍閃開，不知他又要出甚麼怪招。

胡斐大聲道：「晚輩本是好心勸架，不敢跟三位前輩當眞動手，因此赤手空拳，沒帶兵器，使這馬鞍子又怎鬥得過三位當世英雄？今日晚輩認輸。」說著閃身讓在道旁。

鍾氏三雄明知他出言相激，但因有要事在身，不願跟他糾纏。鍾兆能便道：「好罷，下次你取得趁手兵刃，我們再領教高招。」胡斐笑道：「我倒有個妙法，就只恐你們不敢跟我比試。」鍾氏三雄再也忍耐不住，齊聲道：「你劃下道兒吧！」鍾兆文道：「我兩個兄弟在這裏領教，在下卻要少陪。」說著縱身躍起。

胡斐跟著躍起，雙手在空中一攔。鍾兆文沒想到他身法竟如此迅捷，抖動鐵牌，迎面打去。胡斐拳腳功夫卻勝他甚多，不閃不避，身未落地，右手已跟著迴轉，抓住了他右腕，輕抖急扭，鍾兆文手中鐵牌竟險些給他奪去。

兆英、兆能齊吃一驚，分自左右攻到，相助兄長。胡斐一聲長笑，向後躍開丈許，順勢在道旁一株松樹上折了根樹枝，說道：「三位前輩敢不敢試試我刀法？」

鍾兆文這一下雖沒給他奪去鐵牌，但手腕已給扭得隱隱生疼，更增了三分疑懼，暗想：「這少年實非尋常，我若孤身去追劉鶴真，留下二弟三弟在此，可放心不下，須得合兄弟三人之力，先料理了他。縱有躭擱，也說不得了。」鍾兆英見胡斐手中拿了一根四尺來長的松枝，不知搗甚麼鬼，眼望大哥，聽他的主意。

鍾兆文沉住了氣，說道：「閣下要比刀法，可惜我們也沒攜得單刀，否則倒也可以奉借。」胡斐道：「咱們素不相識，自沒樑子仇怨，比武只求點到為止，是也不是？」鍾兆文道：「不錯！」胡斐用左手折去松枝上的椏叉細條，只賸下光禿禿的一根枝條，說道：「這松枝便算是一柄刀，三位請一齊上來。咱們話說在先頭，這松枝砍在何處，便算是鋼刀砍中了。鍾氏三雄名滿武林，說話想必算數？」

鍾兆文見他如此托大，更是有氣，大聲道：「鍾氏三雄信義之名早著江湖，那時你這位小兄弟可還沒出世吧？」胡斐道：「如此最好，看刀吧！」舉起松枝，唰的一招橫砍。鍾兆英自後搶上，提棒便打。胡斐斜躍避開，松枝已斬向鍾兆能頸中。鍾兆能倒轉幡桿，往他松枝上砸去，同時鍾兆文的鐵牌也已打到。

那胡家刀法眞有鬼神莫測之變，胡斐又練得熟了，一將那松枝當作刀使，立時著著搶攻，在三人之間穿挿來去，砍削斬劈，一根小小松枝，竟顯出了無窮威力。鍾氏三雄越鬥越奇，見他這松枝決不與三般兵刃碰撞，但乘瑕抵隙，招招都砍向自己要害。給松枝擊中雖然無礙，但有約在先，決不能讓它碰到身體。鍾兆英焦躁起來，揮棒橫掃，猛砸胡斐脛骨。他三兄弟每一招都互相呼應，只待胡斐躍起相避，鍾兆能的招魂幡便從他頭頂蓋落，兆文的鐵牌則猛擊他右腰。那知胡斐並不躍起，反搶步上前，直欺入懷，手起枝落，松枝已擊中鍾兆英左肩。

這一招迅速異常，凌厲之極，那松枝如換成了鋼刀，鍾兆英的一條左臂不免便給卸下。這松枝的一擊自然傷他不著甚麼，但鍾兆英面色大變，叫道：「罷了，罷了！」將哭喪棒往地下一抛，垂手退開。

鍾兆文、鍾兆能兄弟心中寒了，牌幡舞得更緊，各施殺著，只盼能將胡斐打中，扯個平手。但過不數招，鍾兆文頸中給松枝一拖而過，鍾兆能卻右腿上讓松枝劃了一下。兩人相顧慘然，同時抛下兵刃。突然間鍾兆文「哇」的一聲，噴出一大口鮮血。

胡斐見他們信守約言，暗想這三兄弟雖然兇惡，說話倒作得準，他自知並未下手打傷鍾兆文，他口吐鮮血，定是急怒攻心所致，心下頗感歉仄，抱拳拱手，說道：「晚輩得罪了！」鍾兆能哼了一聲，說道：「閣下武功了得，佩服，佩服！只是年紀輕輕，不走正途。可惜了一副好身手。」胡斐愕然道：「我怎地不走正途了？」鍾兆英怒道：「三弟，還跟他說些甚麼？」扶起鍾兆文騎上馬背，牽著韁繩便走。

三件奇門兵刃拋在水坑之中，誰都沒再去拾。

胡斐見三人掉頭不顧而去，地下賸了一匹死馬，三件兵刃，心中頗有感觸，瞧了好一陣子，這才回向古廟。

走進廟中，前殿後殿都不見劉鶴眞夫婦，知他二人已乘機遠去，想起剛才做了一件好事，不禁自感得意，又想：「那苗人鳳不知住在何處？此人號稱『打遍天下無敵手』，武功不知如何了得？」這人與自己過世了的父親有莫大關連，當日商家堡一見，自己拳經刀譜的頭上兩頁，也是憑著他的威風才得從閻基手中取回，此後時時念及，此刻很想跟著劉鶴眞夫婦去瞧瞧，但說不定袁紫衣去而復回，又說不定她回來是找尋自己，竟捨不得就此遠離這湘妃神廟。

他低頭尋思，又從故道而回，走到適才與鍾氏三雄動手處，見地下的三件奇門兵刃已然不見，那匹死馬卻兀自橫臥在地。他大是奇怪：「我這一來一去，只片刻間的事，這時天色尚早，不會有過路之人順手撿了去，難道鍾氏兄弟去而復回麼？」

他在四處巡視，不見有異，一路察看，終於在離相鬥處十餘丈的一株大樹幹上，看到一個污泥的足印。這足印離地一丈有餘，印在樹幹不向道路的一面，若非細心檢視，決不會看到。足印的污泥甚濕，當是留下不久，而足印的鞋底纖小，又顯是女子鞋印。

他心中一動：「難道是她？我和鍾氏三雄相鬥之時，她便躲在樹上旁觀？」想到這裏，一顆心怦怦亂跳，立即縱身而起，攀住一根樹幹翻身上樹，果然在一根橫枝之上，又見到兩個並列的女子濕泥足印，在橫枝之旁，卻有一根粗大樹枝給踏斷了，斷痕甚新。他反感疑惑：「倘若是袁姑娘，以她輕身功夫，決不會踏斷這根樹枝。」再攀上看時，只見另一根橫枝上又有兩隻並列的男子腳印。他心中疑竇立時盡去，卻不由得一陣失望，一陣悵惘：「原來是劉鶴真夫婦在這裏偷看。」

然而心中剛明白了一個疑竇，第二個、第三個疑竇跟著而來：「他二人身負重傷，怎能竄高躲在此處，我竟絲毫沒察覺？鍾氏三雄既去，他們怎又不出聲跟我招呼？」轉念一想：「啊，是了。他們本來只道我不會武藝，但忽見我打敗鍾氏三雄，心中起疑，只怕我於他們不利，因此不敢露面。江湖間風波險惡，處處小心在意，原是前輩風範。又何況他們有要事在身，怎能大意？」

想到這裏，便即釋然，見兩排帶泥足印在草叢間向東北而去，他起了好奇之心，順足印向前追蹤，心中又生妄念：「我這般跟蹤，說不定運氣好，又竟能碰到袁姑娘。」

整夜大雨之後遍地泥濘，這一男一女足印清晰，跟隨毫不費力，見兩對足印始終避開道路，在草叢間曲曲折折穿行。跟了一個多時辰，到了一個小市鎮，鎮外足跡雜沓，再也分不清楚了。

胡斐心想：「他二人餓了一晚，此時必要打尖，倘若他們只買些饅頭點心，便穿鎮而去，就不易追尋了。」在鎮口的山貨店裏買了一件簑衣、一頂斗笠，穿戴起來，將大半張臉遮住了，走到鎮上幾家飯店和騾馬行去探視。

瞧了幾家都不見影蹤，這市鎮不大，轉眼便到鎮頭，正要回身去買飯吃，忽聽一個女子的聲音說道：「大嫂，有針線請相借一使。」正是劉鶴眞之妻的聲音。

他低頭從斗笠下斜眼看去，見話聲是從一家民居中發出，心想：「他夫婦怕敵人跟蹤，是以不敢住店。」又想：「瞧他們這等嚴加防備的模樣，只怕除了鍾氏兄弟，尚有極厲害的對頭。好事做到底，送佛送到西！我索性暗中保護，務必讓他們將書信送到苗大俠手中。」回頭不到七八家門面，正是一家小客店，便要一間房住了，一直注視劉鶴眞借住的那家人家。

直到傍晚，劉鶴眞夫婦始終沒再露面。胡斐心想：「前輩做事當眞仔細，他們定要待天黑透了才啓程。」一面監視，心中又甚焦急：「不知袁姑娘會不會回去湘妃廟找我？」待到二更天時，望見劉鶴真夫婦從那民居中出來，疾奔出鎮，腳步迅捷，顯然身上並未受傷。

胡斐心道：「原來他們先前的受傷全是假裝，不但瞞過了鍾氏兄弟，連我也給瞞過了。」他躍出窗戶，跟隨在後，見劉鶴真腋下挾著個長長包裹，不知包著甚麼東西。他輕身功夫比劉鶴真高明得多，悄悄跟隨，劉氏夫婦毫不知覺。跟著二人走了五六里路，來到孤另另的一所小屋之前，只見劉鶴真打個手勢，命妻子藏身樹後，走上幾步，朗聲道：「金面佛苗大俠在家麼？有朋友遠道來訪。」

稍過片刻，只聽屋中一人說道：「是那一位朋友？」話聲並不十分響亮，胡斐聽在耳中只覺又蒼涼，又醇厚。

劉鶴真道：「小人姓鍾，奉鄂北鬼見愁鍾氏兄弟之命，有要函一通送交苗大俠。」胡斐大是驚奇：「怎麼那信是鍾氏兄弟的？他們卻何以又要攔阻？」

只聽苗人鳳道：「請進吧！」屋中點起燈火，呀的一聲，木門打開。胡斐伏在一株栗樹之後，但見一個極高極瘦的人影站在門框之間，頭頂幾要碰到門框，右手執著一隻燭台。劉鶴真拱手行禮，走進屋中。

胡斐待兩人進屋，悄悄繞到左邊窗戶下偷瞧。苗人鳳問道：「另外兩位不進來麼？」劉鶴真心道：「那裏還有兩位？」口中含糊答應。

胡斐聽得苗人鳳說「另外兩位」，心中一驚：「這苗人鳳果然厲害之極，我腳步聲雖輕，他卻早知共有三人同來。」心想在此偷看，他也必定知覺，正想退開，忽聽劉鶴眞道：「鍾氏兄弟八年前領教了苗大俠的高招，佩服得五體投地，現下另行練了三件兵刃，特命小人先送給苗大俠瞧瞧，以免動手之際，苗大俠說他們兵刃怪異，佔了便宜。」打開包裹，嗆啷啷幾聲響，將三件兵器抖在桌上。

胡斐覺得他的舉動越來越不可思議，俯眼到窗縫上向內張望，見桌上三件兵器正是那鐵靈牌、哭喪棒、和招魂幡，兵刃上泥污斑斑，兀自未擦乾淨。

苗人鳳哼了一聲，向三件兵刃瞧了一眼，並不答話。劉鶴眞從懷裏摸出一封書信，雙手遞上，說道：「請苗大俠拆看，小人信已送到，這便告辭。」說著雙手一拱，就要退出。苗人鳳接過信來，說道：「慢著。我瞧信之後，煩你帶句回話。」撕開封皮，取出信來。

胡斐乘苗人鳳看信，仔細打量他形貌，見他比之數年前在商家堡相見之時，似已老了許多，臉上神色也頗爲憔悴。苗人鳳看著書信，雙眉登豎，眼中發出憤怒之極的光芒。胡斐瞧得害怕，正想退開，突見他雙手抓住書信，嗤的一下，撕成兩半。

書信一破，忽然間他面前出現一團黃色濃煙，苗人鳳叫聲：「啊喲！」雙手揉眼，臉現痛苦之色。劉鶴眞急縱向後，躍出丈餘。

變故起於俄頃，但便在這一霎之間，胡斐心中已然雪亮：「原來這劉鶴眞在信中暗藏毒藥，毒害苗大俠的雙目。」他大叫：「狗賊休走！」飛身向劉鶴眞撲去。

劉鶴眞挫膝沉肘，從腰間拔出鏈子槍，回手便戳。胡斐愧怒交攻，側身閃避，伸手去奪他鏈子槍，猛覺背後風聲勁急，一股剛猛無比的掌力直撲自己背心，只得雙掌反擊，運力相卸。

他知苗人鳳急怒之下，掌力定然非同小可，不敢硬接硬架，使出趙半山所授的太極拳妙術「陰陽訣」，想卸開對方掌力，豈知雙手與對方手掌甫接，登時眼前一黑，胸口氣塞，連退三步，苗人鳳的掌力只卸去了一半，餘一半還是硬接了。胡斐叫道：「苗大俠，我幫你拿賊……」兩人這一交掌，劉鶴眞已乘空溜走。

苗人鳳只覺雙目劇痛，宛似數十枚金針同時攢刺，他與胡斐交了一招，覺得此人武功甚強，實是勁敵，不由得暗自心驚，胡斐那句「我幫你拿賊」的話竟沒聽眞。他先前雙目陡遭毒害，劇痛之際，也沒留神胡斐那句「狗賊休走！」的怒喝，否則也不致向胡斐背心猛擊一掌。

胡斐見劉鶴眞夫婦往西逃去，正要拔步追趕，忽見大路上三人快步奔來。聽了腳步之聲，不用瞧面目，便知是鍾氏三雄了。

胡斐回過頭來，見苗人鳳雙手按住眼睛，臉上神情痛楚，待要上前救助，又怕他突然發掌，朗聲說道：「苗大俠，我雖不是你朋友，可也決不會加害，你信也不信？」

這幾句話說得極是誠懇。苗人鳳雖未見到他面目，自己又剛中了奸人暗算，雙目痛如刀剜，但一聽此言，自然而然覺得這少年絕非壞人，眞所謂英雄識英雄，片言之間，已然意氣相投，說道：「你給我擋住門外奸人。」他不答胡斐「信也不信？」之問，但叫他擋住外敵，那便是當他至交好友一般。

胡斐胸口一熱，但覺這話豪氣干雲，若非胸襟寬博的大英雄大豪傑，決不能說得出口，當眞是有白頭如新，有傾蓋如故，苗人鳳只一句話，胡斐便甘願爲他赴湯蹈火，見鍾氏三兄弟相距屋門尚遠，拿起燭台，奔至後進廚房中，拿水瓢在水缸中舀了一瓢水，遞給苗人鳳，道：「快洗眼睛。」

苗人鳳眼睛雖痛，心智仍極清明，聽得正面大路上有三人奔來，另有四人從屋後竄上屋頂。他接過水瓢，走進內房，先在床上抱起了小女兒，這才低頭到水瓢中洗眼。這毒藥猛惡之極，經水一洗，更加劇痛透骨鑽心。

那小女孩睡得迷迷糊糊，說道：「爹爹，你同蘭兒玩麼？」苗人鳳道：「嗯，乖蘭兒，爹抱著你，別睜開眼睛，好好的睡著。」那女孩道：「那老狼眞的沒吃了小白羊嗎？」苗人鳳道：「自然沒有，獵人來了，老狼就逃走啦！」那女孩安心地嘆了口氣，將臉蛋兒靠在父親胸口，又睡著了。胡斐聽他父女倆對答，微微一怔，隨即明白，女孩在睡覺之前，曾聽父親說過老狼想吃小白羊的故事，在睡夢之中兀自記著。

此時鍾氏兄弟距大門更加近了，只聽得噗噗兩聲，兩個人從屋頂躍入了院子。胡斐關上大門，拖過桌子頂住，叫鍾氏兄弟不能立即入屋，以免前後受攻，跟著左手揮出，燭火熄滅。躍入院子的兩人見屋中沒了火光，不敢立時闖進。

苗人鳳低聲道：「讓他們都進來。」胡斐道：「好！」取出火刀火石，又點燃了蠟燭，將燭台放在桌上。只聽得大門外鍾兆文叫道：「鄂北鍾兆文、兆英、兆能三兄弟拜見苗大俠，有急事奉告。」苗人鳳哼了一聲，並不理睬。

院子中的兩人一人執刀、另一人拿著一條三節棍，見苗人鳳雙目緊閉，睜不開來，知計已得售，同時搶進屋去，但震於「打遍天下無敵手」的威名，不敢貿然進襲。那持刀人向屋上一招手，叫道：「他眼睛瞎了！」屋上兩人大喜，一齊躍下。

胡斐瞧這兩人身手矯捷，比先前兩人強得多，身形閃動，搶到了新來兩人背後，雙掌推出，喝道：「進去！」這一推力道剛猛，兩人不敢硬接，向前急衝幾步，跨過門檻，進了客堂。

胡斐守在邊門之外，輕輕吸一口氣，對準燭火猛力吐出，波的一聲響，一股勁氣激射而去，一丈多外的燭火登時又熄了。客堂中黑漆一團。

來襲的四人嚇了一跳，一怔之下，各挺兵刃向苗人鳳攻了上去。

那女孩睡在苗人鳳懷中，轉了過身，問道：「爹，甚麼聲音？是老狼來了麼？」苗人鳳道：「不是老狼，只是四隻小耗子。」聽到兵刃劈風之聲襲向頭頂，中間夾著鎖鏈扭動的聲音，知是三節棍、鏈子槍一類武器，怕兵刃拐彎，右手倏地伸出，抓住三節棍的棍頭一抖，那人「啊」的一聲，手臂酸麻，三節棍已然脫手。苗人鳳順手揮出，啪的一響，擊中他腰眼。那人立時閉氣，暈了過去。

其餘三人兩個使刀、一人使一條鐵鞭，默不作聲的分從三面攻上。他們知苗人鳳視力已失，全憑聽覺辨敵，便不敢稍有聲響。

那女孩道：「爹，耗子會咬人麼？」苗人鳳道：「耗子想偷偷摸摸的來咬人，不過見到老貓，耗子便只好逃走了。」那女孩道：「甚麼聲音響？是颳大風嗎？爹，是不是要下雨了？」苗人鳳道：「是啊！待會兒還要打雷呢！」那女孩道：「雷公菩薩只打惡人，不打好人，是不是？」苗人鳳道：「是啊！雷公菩薩喜歡乖女孩兒。」苗人鳳左手護抱女兒，右手拆解三般兵刃，口中和女兒一問一答，竟沒將身旁三個敵人放在心上。

那三人連出狠招，都給苗人鳳伸右手搶攻化解。一個使刀的害怕起來，叫道：「風緊，扯呼！」轉身出外，衝到門邊時，胡斐左腿掃出，將他踢倒在地，順手奪過了他手中單刀。

苗人鳳道：「乖寶貝，你聽，要打雷啦！」一拳擊出，正中那使鐵鞭的下顎，砰的一聲，這人飛了起來，越過胡斐頭頂，摔入了院子。另一個使刀的武功最強，手腳滑溜，苗人鳳連發兩拳，竟都給他避開。苗人鳳生怕驚嚇了女兒，坐在椅上，並不起身追出。

那人這時已明白苗人鳳眼睛雖瞎，自己可奈何他不得，又知守在門口那人也是個厲害腳色，自己困入小屋，變成了甕中之鱉。突然揮刀向苗人鳳猛砍，乘他側身避讓，閃身進了臥室。他晃亮火摺，點燃床上紗帳，從窗中竄出，上了屋頂。

紗帳著火極快，轉瞬之間，已濃煙滿屋。

鍾兆文在門外叫道：「苗大俠，我三兄弟是來找你比武較量，但此時決不乘人之危，你放心便是。」鍾兆英見窗中透出火光，叫道：「起火，起火！」鍾兆能叫道：「賊子如此卑鄙。大哥，二哥，咱們先救火要緊。」三兄弟躍上屋頂。

胡斐知鍾氏兄弟武功了得，非適才四人可比，苗人鳳本事再強，總是雙目不能見物，懷中又抱著女兒，定難抵敵，須得自己出手助他打發，大聲喝道：「無恥奸徒，不許進來！」

那女孩道：「爹，好熱！」苗人鳳推開桌子，右足踢出，門板向外飛出四五丈。他抱著女孩踏出大門，向屋頂上的鍾氏兄弟招招手，說道：「下來動手便是。」他怕驚嚇了女兒，雖對敵人說話，仍低聲細氣。心中不自禁想到：八年之前，也是與鍾氏三雄對敵，也是屋中起火，也是自己身上有傷，只是陪著自己的卻不是女兒，而是後來成爲自己妻子的姑娘。不，她沒陪，是在危急之際先逃出去了……

胡斐見火勢猛烈，轉眼便要成災，料想苗人鳳必可支持得一時，倒是先救火要緊，抛下單刀奔進廚房，見灶旁並列著三隻七石缸，缸中都貯著淸水，伸臂抱住了一隻，喝一聲：「起！」一隻裝了五六百斤水的大缸竟給他抱了起來。饒是他此時功力已臻一流好手之境，也不禁腳步蹣跚。他不敢透氣，奮力將水缸抱到臥室外，連缸帶水，一併擲了進去。火頭給這缸水一澆，登時小了，但兀自未熄。

胡斐又去抱了一缸水，走到臥室門外，正要奮力擲出，忽聽背後呼的一響，有人偷襲。原來先前爲他踢倒的那人拾起地下單刀，向他背心砍落。胡斐雙手抱著水缸，沒法擋格躲閃，便反腳向後勾踢。這一踢怪異之極，當年閻基學得這一招，連馬行空這等著名武師都難拆解，胡斐反腳踢出，正中那人小腹。那人連刀帶人飛了起來，掠過胡斐頭頂，跌入他抱著的水缸。

他抱著那口裝滿了水的七石缸本已十分吃力，手上突然又加了一百五六十斤重量，如何支持得住？順手推出，水缸連人帶水一齊撞入火中。水缸破裂，只割得那人滿身是傷，好在火頭淋熄，才不致葬身火窟。

胡斐將火救熄，正要出去相助苗人鳳，忽聽屋後傳來大聲喝罵，又有拳打足踢之聲，有兩人鬥得極是激烈，聽那喝罵的聲音，卻是劉鶴眞所發，只聽他喝道：「好奸賊，給我上這個惡當！」

胡斐心想：「他在跟誰動手？此人是罪魁禍首，說甚麼也得將他抓住。」從後門奔將出去，只見劉鶴眞正和一人近身糾纏，赤手廝打。這人便是縱火的那人。胡斐大是奇怪，心想今日之事當眞難解，這兩人明明是一路，怎麼自相火拚起來了？反正兩個都不是好人，縱身而前，施展大擒拿手，抓下去擒住了兩人後心要穴。兩人正自惡鬥，分不出手相抗，否則二人武功都頗不弱，也不能給他一拿便即得手。

胡斐側耳沒聽到大門外有相鬥的聲音，生怕苗人鳳目光不便，遭了鍾氏兄弟毒手，見身旁有一口井，一手一個，將劉鶴眞和那人都投入井中，又到廚房中抱出第三口大缸壓在井上，這才繞過屋子，奔到前門。

但見鍾氏兄弟已躍在地下，與苗人鳳相隔七八丈，三人各拿著一對判官筆，卻不欺近動手。胡斐道：「苗大俠，我給你抱孩子。」

苗人鳳正想自己雙目已瞎，縱然退得眼前鍾氏三兄弟，但「打遍天下無敵手」這外號太惡，生平仇家無數，只要江湖上一傳開自己眼睛瞎了，強仇紛至沓來，那時如何抵禦？性命勢必難保，那也罷了，只放心不下這個嬌女。他以耳代目，聽得胡斐卻敵救火，乾淨利落，智勇兼全，這人素不相識，竟如此義氣，女兒實可託付給他，問道：「小兄弟，你尊姓大名，與我可有淵源？」

胡斐心想我爹爹不知到底是不是死在他手下，此刻不便提起，說道：「丈夫結交，但重意氣，只須肝膽相照，何必提名道姓？苗大俠倘若信得過，在下便粉身碎骨，也要保護令愛周全。」

苗人鳳道：「好，苗人鳳獨來獨往，生平只有兩個知交，一位是遼東大俠胡一刀，另一位便是你這個不知姓名、沒見過面的小兄弟。」說著抱起女兒，遞了過去。

胡斐雖與他一見心折，但唯恐他是殺父仇人，恩仇之際，實所難處，待聽他說自己父親是他生平知交，心頭一喜，雙手接過女孩，見她約莫七八歲年紀，生得甚是嬌小，抱在手裏，又輕又軟，淡淡星光之下見她合眼睡著，呼吸低微，嘴角邊露著一絲微笑。

鍾氏三雄見胡斐也在此處，又跟苗人鳳如此對答，都感奇怪。

苗人鳳撕下一塊衣襟，包在眼上，雙手負在背後，低沉著嗓子道：「無恥奸賊，一齊上吧。我女兒睡著了，可莫大聲吵醒了她。」

鍾兆文踏上一步，怒道：「苗大俠，當年我徒兒死在你手下，我兄弟來跟你算帳，後來得知我徒兒覬覦別人利器，行止不端，死有應得，這事還得多謝你助我清理門戶。」苗人鳳哼了一聲，道：「說話小聲些，我聽得見。」

鍾兆文怒氣更增，大聲道：「那時你腿上受傷，我三兄弟仍非敵手，心中不服，苦練了八年武功之後，今日再來討教。在途中得悉有奸人要對你暗算，我兄弟兼程趕來，要請你提防。眼下奸人已去，你肯不肯賜教，但憑於你，卻何以口出惡言？又為何自縛雙眼，難道我鍾氏三雄如此不肖，你連一眼都不屑瞧麼？還是你自以為武功卓絕，閉著眼睛也能打敗我三兄弟？」

苗人鳳聽他語氣，似乎並不知自己雙目中毒，沉著嗓子道：「我眼睛瞎了！」

鍾兆文大驚，顫聲道：「啊唷，這可錯怪了你苗大俠，我兄弟苦練八年，武功也沒甚麼長進，跟你討教之事，那不用提了。你可知韋陀門有個劉鶴真嗎？適才你打走的那些人中，並沒他在內。此人一兩日內，定會來訪。苗大俠你眼睛不便，此人來時，務須小心在意。」

胡斐插口問道：「鍾大爺，那劉鶴真下毒之事，你當真不知情麼？」鍾兆文道：「你跟苗大俠到底是友是敵？咱們要阻截那劉鶴真，你何以反極力助他？」胡斐道：「此事說來慚愧，其中原委曲折，小弟也弄不明白。好在那劉鶴真已給小弟擒住，壓在後面井中。咱們一問便知端的。」轉頭問苗人鳳：「鍾氏三兄弟到底是好人，還是壞人？」

鍾兆英冷冷的道：「我們既不行俠仗義，又不恤孤濟貧，算甚麼好人？」苗人鳳道：「鍾氏三雄並非卑鄙小人。」三兄弟聽了苗人鳳這句品評，心中大喜。當眞是一言之褒，榮於華袞，三張醜臉都顯得又歡喜、又感激。

兆英、兆能兄弟倆繞到屋後，抬開井上水缸，喝道：「跳上來吧！」只聽得井中哼哼唧唧，竟有兩個人的聲音，砰的一響，又是啪的一聲，還夾著稀裏嘩啦的水聲，那兩人似乎正在廝打。在這井中一個人轉折都是不便，兩人竟擠著互毆，狼狽之情，可想而知。鍾兆英將井邊的吊桶垂了下去，喝道：「抓住吊桶。我吊你們上來。」覺得繩上一緊，下面已經抓住，使勁收繩，果然濕淋淋的吊起兩人。

劉鶴眞腳未著地，揮掌便向另一人拍了過去。那人武功不及他，在井中已吃了不少苦頭，給他按著喝飽了水，已然昏昏沉沉。鍾兆英眼見這一掌能致他死命，忙伸手格開。鍾兆能一對判官筆分點兩人後心，喝道：「要命的便不許動。」兄弟倆將兩人抓到屋中。

這時胡斐已將那女孩交回給苗人鳳，點亮了燭台。臥室中燒得一塌胡塗，滿地是水，竟沒立足處。苗人鳳將女兒放在廂房中自己床上，回身出來時，鍾氏兄弟已將劉鶴眞和另一人抓到。苗人鳳輕輕嘆了口氣，說道：「『韋陀雙鶴』的名頭，我二十多年前便已聽到過。劉老師和萬老師兩位，江湖上的聲名可挺不壞啊。」

劉鶴眞道：「苗大俠，我上了奸人的當，追悔莫及。你眼睛的傷重麼？」鍾氏三兄弟一齊「啊」的一聲。他們不知苗人鳳眼睛受傷，原來還只適才之事。

苗人鳳不答，向那使刀之人說道：「你是田歸農的弟子吧？天龍門的武功也學到七成火候了。」那人正是田歸農的二弟子，名叫張雲飛。他嚇得魂不附體，雙膝跪倒，連連磕頭，說道：「苗大俠，小人是受命差遣，概不由己，請你老人家高抬貴手。」猛地裏「哇、哇」兩聲，吐出幾口水來。

劉鶴眞罵道：「奸賊，你騙得我好苦！」撲上去又要動手。鍾兆文伸手一攔，道：「有話好好說，到底是怎地？」

劉鶴眞也是武林中的成名人物，只因上了別人大當，這才氣急敗壞，難以自制，給鍾兆文這麼一攔，想起自己既做了錯事，又給人抛在井裏，弄得如此狼狽，實是生平奇恥大辱，眼前一黑，頹然坐倒，說道：「罷了，罷了！苗大俠，眞正對你不住。」

苗人鳳道：「一個人一生之中，不免要受小人的欺騙，那又算得了甚麼？定是這人騙你來送信給我了。」他雙目中毒，顯已瞎了，說話卻仍如此輕描淡寫，胡斐和鍾氏兄弟都好生佩服，均想如此定力，人所難及。

劉鶴眞道：「這人我是在衡陽楓葉莊上識得的。這張雲飛說以前受過萬師弟的恩惠，得知萬師弟的死訊後十分難過，趕來弔喪。」苗人鳳道：「萬鶴聲老師過世了？」劉鶴眞道：「是啊。我見這姓張的說話誠懇，他又著意和我結納，也就沒起疑心，兩人結伴北上。他在途中見到鍾氏三雄，顯得很是害怕，當晚在客店中我和他同室而睡，聽得他說起夢話來，說甚麼這封信若不送到，不免要害了無數仁人義士的性命。我想此事不能袖手旁觀，便用言語探問。他說：『劉老師，我見你跟朝廷的侍衛爲難，大是英雄豪傑，這件事也不用瞞你。』取出一封信來，說必須送到金面佛苗大俠手中，請他出手相救，否則有幾十位義士要給朝廷害死。」

苗人鳳不置一詞。劉鶴眞續道：「這姓張的奸賊又說，鍾氏三雄跟苗大俠有仇，定要設法截阻。他不是鍾氏三雄敵手，請我相助一臂之力。我想這件事義不容辭，便一力承當，但途中和鍾氏三雄一交手，我老兒栽了觔斗。後來內人王氏趕到相助，仍然不敵。也是事當湊巧，在湘妃廟中遇上了這位小兄弟。我在楓葉莊上曾得他之助，後來又見他連顯身手，武功高強，我夫婦便假裝受傷，安排機關，請他阻擋鍾氏三雄。這位小兄弟果然上了我當，我卻又上了這奸賊的當。」說著圓睜雙目，髭鬚翹動，氣憤難平。

胡斐默想經過，心道：「這人的話倒似不假，原來我和袁姑娘一路上之事，有許多都給他瞧見了。」想到此處，臉上微微一熱，瞥眼見到桌上放著的三件兵刃，問道：「那你拿了鍾氏三雄的兵刃，又來幹麼？」

劉鶴眞道：「鍾氏三雄前來尋仇，苗大俠多半不知。我先給他報個訊息，教他好有所防備。送這兵刃前來，是取信的意思。至於我說這封信是鍾氏兄弟叫我送來，那是說給你小兄弟聽的。我知你緊緊跟隨在後，怕你不利於我，這麼一說，盼你疑惑難明，便不會貿然動手了，反正苗大俠一看信便知端的，豈知，豈知……」胸口氣塞，再也說不下去了。

鍾兆文道：「我兄弟無意之中，聽到這姓張的與同夥說話，得知了他的奸謀，又見劉老師跟他鬼鬼祟祟，定是要同來暗算苗大俠，是以全力阻截，想不到中間尚有這許多過節。苗大俠，你眼睛怎麼受的傷？」苗人鳳不答，蒲扇般的大手揮了揮，淡然道：「過去之事，不用提了。」

胡斐四下察看，尋找他撕破的信箋，果見兩片破紙尚在屋角落中，有一半已給浸濕。他怕紙上仍有劇毒，不敢去拿，放眼望去，見紙上只寥寥三行字，每個字都有核桃大小。他眼光在兩片破紙上掃來掃去，見那信寫道：

「人鳳我兄：令愛資質嬌貴。我兄一介武夫，相處甚不適宜，有誤令愛教養。茲命人相迎，由弟及其母撫養可也。弟田歸農頓首。」

苗人鳳對這女兒愛逾性命，田歸農拐誘了他妻子私奔，這時竟然連女兒也想要了去，教他如何不怒？自然順手撕信，毒藥暗藏在信箋的夾層之中，信箋一破，立時飛揚，再快的身手也躲閃不了。田歸農這條毒計，可算得厲害之極。胡斐回想昔年在商家堡中所見苗人鳳、苗夫人、苗家小女孩以及田歸農四人之間的情狀，恨不得立時去找到田歸農，一刀殺了。

劉鶴眞越想越氣，喝道：「姓張的，你就是奉了師命，要暗算苗大俠，自己送信來便是，何以偏偏瞧上了我姓劉的？」

張雲飛囁嚅道：「我怕……怕苗大俠瞧破我是天龍門弟子，有了提防……又害怕……害怕苗大俠的神威……」劉鶴眞恨恨的道：「你怕萬一奸計敗露，逃走不及。好小子，好小子！」他轉頭向苗人鳳道：「苗大俠，我向你討個情，這小子交給我！」

苗人鳳緩緩的道：「劉老師，這種小人，也犯不著跟他計較。張雲飛，這院子中還有你的兩個同伴，受傷都不算輕，你帶了他們走吧。你去跟你師父說……」他尋思要說甚麼話，沉吟半晌，揮手道：「沒甚麼可說的，你走吧！」

張雲飛只道這次弄瞎了苗人鳳雙眼，定然性命難保，豈知他寬宏大量，竟不追究，當眞大出意料之外，心中感激，當即跪倒，連連磕頭。他同來一共四人，原想乘苗人鳳眼瞎後將他害死，再劫走他女兒，不料竟有胡斐這樣一個好手橫加干預，使他們的毒計只成功了第一步。給胡斐摔入臥室、遍身鱗傷那人已乘亂逃走，另外給苗人鳳用三節棍及拳力打傷的兩人傷勢極重，一個暈著兀自未醒，一個低聲呻吟，有氣無力。

劉鶴眞尋思：「苗人鳳假意饒這三人，卻不知要用甚麼毒計來折磨他們？」他久歷江湖，曾見許多人擒住敵人後不即殺死，要作弄個夠，使得敵人痛苦難當，求生不得，求死不能，這才慢慢處死。見張雲飛扶起受傷的兩個師弟，一步步走出門外，逐漸遠去，苗人鳳始終沒出手，眼見三人已隱沒在黑暗之中，忍不住說道：「苗大俠，可以捉回來啦，那姓張的小子手腳滑溜，再放得遠，只怕當眞給他走了！」苗人鳳淡淡的道：「我饒他們去了，又捉回來作甚？」他微微一頓，說道：「他們和我素不相識，是別人差遣來的。」

劉鶴眞又驚又愧，霍地站起，說道：「苗大俠，我劉鶴眞素不負人，今日沒生眼珠，累你不淺。」左手一抬，食指筆直挺出，戳向自己右眼。

胡斐忙搶過去，伸手想格，終究遲了一步，見他直挺挺的站著，臉上一行鮮血流下，右眼已給自己戳瞎了。鍾氏兄弟大驚，一齊驚呼站起。苗人鳳道：「劉老師何苦如此？在下毫沒見怪之意。」劉鶴眞哈哈一笑，手臂一抖，大踏步走出屋門，順手在道旁折了一根樹枝，點著道路，逕自去了。過不多時，只聽一個女子聲音驚呼起來，卻是他妻子王氏。屋中五人均覺慘然，萬料不到此人竟剛烈至此。

苗人鳳怕胡斐也有自疚之意，說道：「小兄弟，你答允照顧我女兒，可別忘了。」胡斐知他心意，昂然道：「做錯了事，須當盡力設法補救。劉老師自毀肢體，心中雖安，卻無益於事。」鍾兆文嘆道：「不錯！但這位劉老師也算得是位響噹噹的好漢子！」

五人相對而坐，良久不語。過了好一會，胡斐道：「苗大俠，你眼睛怎樣？再用水洗一洗吧！」苗人鳳道：「不用了，只痛得厲害。」站起身來，向鍾氏三雄道：「三位遠來，無以待客，當眞簡慢得緊。我要進去躺一躺，請勿見怪。」

鍾兆文道：「苗大俠請便，你家不用客氣。」三兄弟打個手勢，分在前門後門守住，只怕田歸農不肯就此罷手，又再派人來襲。

胡斐手執燭台，跟著苗人鳳走進廂房，見他躺上了床，取被給他蓋上。那小女孩在裏床睡得甚沉，這一晚屋中吵得天翻地覆，她竟始終不知。

胡斐正要退出，忽聽腳步聲響，有人急奔而來。鍾兆能喝道：「好小子，你又來啦！」接著噹的一聲，兵刃相交。張雲飛的聲音叫道：「我有句話跟苗大俠說，實無歹意。」鍾兆能低聲道：「苗大俠睡了，有話明天再說。」

張雲飛道：「好，那我跟你說。苗大俠大仁大義，饒我性命，這句話不能不說。苗大俠眼中所染毒藥，是斷腸草粉末，是我師父從毒手藥王那裏得來的。小人一路尋思，若求毒手藥王救治，或能解得。我本該自己去求，只不過小人是無名之輩，這事決計無力辦到。」鍾兆能「哦」的一聲，接著腳步聲響，張雲飛又轉身去了。

胡斐一聽大喜，從廂房飛步奔出，高聲問道：「這位毒手藥王住在那裏？」鍾兆文道：「他在洞庭湖畔隱居，不過……不過……」胡斐道：「怎麼？」鍾兆文低聲說道：「求這怪人救治，只怕不易。」胡斐道：「咱們好歹也得將他請到。他要甚麼便給他甚麼。他如要的錢多，咱們一時給不起，就欠下了慢慢的還。」他說這話時，已想到要用趙半山所給的大紅花，向江湖人物去借錢。

鍾兆文搖頭道：「難就難在他甚麼也不要。」胡斐道：「軟求不成，那便蠻來。」鍾兆文沉吟不語。胡斐道：「事不宜遲，小弟這便動身。煩請三位在這裏守護，以防再有敵人前來。行嗎？」他奔回廂房，向苗人鳳道：「苗大俠，我給你請醫生去。」

苗人鳳搖頭道：「請毒手藥王麼？只怕是徒勞往返，小兄弟，不用去了。」

胡斐道：「不，天下無難事！」說著轉身出房，問道：「三位鍾爺，這位藥王叫甚麼名字？請問他住的地方怎麼去法？」鍾兆文道：「好，我陪你走一遭！他的事咱們路上慢慢再說。」對兆英、兆能二人道：「二弟，三弟，你們在這裏瞧著。」鍾兆英、兆能兩人臉上微微變色，均有恐懼之意，隨即同聲道：「大哥千萬小心。」

事在迫切，胡鍾兩人展開輕身功夫，向北疾奔。天明後在市集上各買了一匹馬，上馬急馳。

胡斐伸手接住了兩棵藍花。那村女說道：「你們要去藥王莊，還是向東北方去的好。」

第九章　毒手藥王

胡斐和鍾兆文兩人都知苗人鳳這次中毒不輕，單聽「斷腸草」三字，便知是厲害之極的毒藥，眼睛又是人身最嬌嫩柔軟的器官，縱然請得名醫，躭誤的時刻一長，也必有損，因此早治得一刻便好一刻。兩人除了讓坐騎喝水吃草之外，不敢有片刻躭擱，沿途買些饅頭點心，便在馬背上胡亂吃了充飢。

如此不眠不休的趕路，鍾胡兩人武功精湛，雖已兩日兩晚沒睡，儘自支持得住，胯下的坐騎在途中已換過兩匹，但催行兩個多時辰後，新換的坐騎又已腳步踉蹌，眼見再跑下去，不久便會倒斃。鍾兆文道：「胡兄弟，咱們只好讓牲口歇一會兒。」胡斐應道：「是！」心想：「倘若我騎的是袁姑娘那匹白馬，此刻早到洞庭湖畔了。」一想到袁紫衣，不自禁探手入懷，撫摸她所留下的那隻玉鳳，觸手生溫，心中又一陣溫暖。

兩人下馬，坐在道旁樹下，讓馬匹吃草休息。鍾兆文默不作聲，呆呆出神，皺起了眉頭。胡斐情知此行殊無把握，問道：「鍾大爺，那毒手藥王到底是怎樣一個人物？」鍾兆文不答，似沒聽見他說話，過了半晌，突然驚覺，問道：「你剛才說甚麼？」

胡斐見他心不在焉，知他是掛念苗人鳳的病況，暗想此人雖奇形怪狀，難爲他挺夠義氣，本來跟苗人鳳結下了樑子，這時竟不辭煩勞的爲他奔波，想到此處，不禁脫口而出：「鍾大爺，昨天多有得罪，當眞慚愧得緊。晚輩如早知三位如此仗義，便有天大的膽子，也不敢冒犯。晚輩這裏恭敬謝過。」站起身來，躬身爲禮。

鍾兆文站起還禮，咧開闊嘴哈哈一笑，道：「那算得甚麼？苗大俠是響噹噹的好漢，我三兄弟倘若見危不救，那還是人麼？小兄弟你自己又何嘗不是如此？我兄弟和苗大俠雖沒交情，總還有過一面之緣，你可跟他見都沒見過呢！」

其實數年之前，胡斐在商家堡中曾見過苗人鳳一面，只不過苗人鳳當時對那個黃黃瘦瘦的小廝視而不見。更早些時候，在十八年之前，胡斐生下還只一天，苗人鳳在河北滄州的小客店中也曾見過他，這件事苗人鳳知道，胡斐可不知道。

苗人鳳卻那裏知道：十八年前那個初生嬰兒，便是今日這個不識面的少年英雄？

鍾兆文又問：「你剛才問我甚麼？」胡斐道：「我問那毒手藥王是怎麼樣的人物？」鍾兆文搖頭道：「我不知道。」胡斐奇道：「你不知道？」鍾兆文道：「我江湖上的朋友不算少了，可是誰也不知毒手藥王到底是怎麼樣的人物。」

胡斐好生納悶：「我只道你必定知曉此人的底細，否則也可向那張雲飛打聽個明白。」鍾兆文猜到了他心意，說道：「便是那張雲飛，也未必便知。嗯，他一定不會知道的。」胡斐「啊」了一聲，不再接口。

鍾兆文道：「大家只知道，這人住在洞庭湖畔的白馬寺。」胡斐道：「白馬寺？他住在廟裏麼？」鍾兆文道：「不，白馬寺是個市鎮。」胡斐道：「莫非他隱居不見外人，因此誰都沒見過他？」鍾兆文又搖頭道：「不，有很多人見過他。正因爲有人見過，這才誰也不知他是怎麼樣的人物，不知他是胖還是瘦，是俊是醜，是姓張還是姓李。」胡斐越聽越胡塗，心想既有很多人見過他，就算不知他姓名，怎會連胖瘦俊醜也不知道。

鍾兆文道：「有人說毒手藥王是個相貌清雅的書生，高高瘦瘦，像是位秀才相公。有人卻說毒手藥王是個滿臉橫肉的矮胖子，就像是個殺豬的屠夫。又有人說，這藥王是個老和尚，老得快一百歲了。」他頓了一頓，說道：「還有人說，這藥王竟是個女人，是個跛腳駝背的女人。」胡斐滿臉迷惘，想笑，卻又笑不出來。

鍾兆文接著道：「這人既號稱藥王，怎麼會是女人？但說這話的是江湖上的成名人物，德高望重，素來不胡亂說話，不由得人不信。可是那些說他是書生、是屠夫、是和尙的，也都不是信口雌黃之輩，個個言之鑿鑿。你說奇不奇怪？」

胡斐當離開苗家之時，滿懷信心，料想只要找到那人，好歹也要請了他來治傷，至不濟也能討得解藥，此時聽鍾兆文這麼一說，一顆心不由得沉了下去，是怎麼樣一個人也沒法知道，卻又找誰去？轉念一想，說道：「是了！這人旣擅使毒，便不想讓人認到，他一定擅於化裝易容之術，忽男忽女，忽俊忽醜，叫人認不出他眞面目。」

鍾兆文道：「江湖上的朋友也都這麼說，想來他使毒天下無雙，害得人多，結仇太廣，因此躱躱閃閃，叫人沒法找他報仇。但奇怪的是，他住在洞庭湖畔的白馬寺，卻又不是十分偏僻之處，要尋上門去，也算不得怎麼爲難。」

胡斐道：「這人使毒藥害死過不少人麼？」鍾兆文悠然出神，說道：「那是沒法計算的了。不過死在他手下的人，大都自有取死之道，不是作惡多端的飛賊大盜，便是仗勢橫行的土豪劣紳，倒沒聽說有那一個俠義道死在他手下。只因他名聲太響，有人中毒而死，只要毒性猛烈，死得奇怪，這筆帳便都算在他頭上，其實大半未必便是他害的。有時候兩個人一南一北，相隔幾千里，同時中毒暴斃，於是雲南的人說毒手藥王到了雲南，遼東的人卻說藥王在遼東出沒。這麼一宣揚，這人更奇上加奇了。近來已好久沒聽人提到『毒手藥王』四字，想不到苗大俠中毒竟會和他有關。唉，旣是此人用的藥，只怕……只怕……」說到這裏，不住搖頭。

胡斐心想此事果然極難，不知如何著手才好。鍾兆文站起身來，道：「咱們走吧！小兄弟，有一件事你千萬記住，到了白馬寺，在離藥王莊三十里之內，可千萬不能喝一口水，不能吃一口東西，不管飢渴得怎麼厲害，總之不能讓一物進口。」

胡斐見他說得鄭重，當即答應，猛地想起，當他陪著自己離開苗家之時，鍾兆英和鍾兆能臉上神色不但擔憂，簡直還大有懼意，想來那藥王的「毒手」定然非同小可，以致像鍾氏三雄這樣的人物，膽敢向「打遍天下無敵手」苗人鳳挑戰，一聽到「毒手藥王」的名字卻戰戰兢兢，心魂俱震。自己不知厲害，眞把天下事瞧得太過輕易了。

他過去牽了馬匹，說道：「咱們不過是邀他治病，又或討一份解藥，對他並無惡意。他最多不肯，那也罷了，何必要害咱們性命？」鍾兆文道：「小兄弟，你年紀還輕，不知江湖上人心險詐。你對他雖無惡意，但他跟你素不相識，怎信得你過？眼前便是一個例子，劉鶴眞對苗大俠絕無歹意，卻何以弄瞎了他眼睛？」胡斐默然。

鍾兆文又道：「何況這毒手藥王仇家遍天下，許多跟他毫沒干係的毒殺也都算在他帳上，焉知你不是他仇家的子弟？此人生性多疑，出手狠毒，否則『藥王』之上，何以又加上『毒手』兩字？這個驚心動魄的外號，難道是輕易得來的麼？」

胡斐點頭道：「鍾大爺說的是。」鍾兆文道：「你若看得起我，不嫌我本領低微，那便兄弟相稱，別爺不爺的，叫得這麼客氣。」胡斐道：「你是前輩英雄，晚輩……」

鍾兆文攔住他話頭，大聲道：「呸，呸！小兄弟，不瞞你說，我三兄弟跟你交手之後，說起來都佩服你得緊。如你不肯當我是朋友，那便算了。」說着便有悻悻之色。

胡斐性子爽快，便笑著叫了聲：「鍾大哥。」

鍾兆文很高興，翻身上了馬背，說道：「只要這兩頭牲口不出岔子，咱們不用天黑便能趕到白馬寺。你可得記著我話，別說不能吃喝，便摸一摸筷子，也得提防筷子上下了劇毒，傳到你手上。小兄弟，你這麼年紀輕輕，一身武功，倘若全身發黑，成了一具殭屍，我瞧挺有點兒可惜呢！」

胡斐知他這話倒不是危言聳聽，瞧苗人鳳只撕破一封信，雙眼便瞎，現下走入毒手藥王的老巢，他那一處不能下毒？心想鍾兆文是武林成名人物，多經風浪，決非初出茅廬的無知之輩，他說得如此厲害，顯見此行萬分凶險，確是實情。他明知險惡，還義不容辭的陪自己上白馬寺去，比之自己不知天高地厚的亂闖，更加難得了。

兩人讓坐騎走一程，跑一程，申牌時分到了臨資口，再行一程，便到了白馬寺鎮上。鎮上街道狹窄，兩人深怕碰撞行人，多惹事端，牽了馬匹步行。

鍾兆文臉色鄭重，目不斜視，胡斐卻放眼瞧著兩旁的店鋪。將到市梢時，胡斐見拐彎角上挑出了藥材鋪的膏藥幌子，招牌寫著「濟世堂老店」，心念一動，解下腰間單刀，連著刀鞘捧在手中，說道：「鍾大……哥，你的判官筆也給我。」

鍾兆文一怔，心想到了白馬寺上，該當處處小心才是，怎地反而動起兵刃來啦？但想鎮上必有藥王的耳目，不便出口詢問，從腰間抽出判官筆，交了給他，低聲道：「小心了，別惹事！」

胡斐點了點頭，走到藥材鋪櫃台前，說道：「勞駕！我們二人到藥王莊去拜訪莊主，敬重前輩，不便攜帶兵器，想在寶號寄放一下，回頭來取，另奉酬金。」坐在櫃檯後的一個老者聽了，臉露詫異之色，問道：「你們去藥王莊？」胡斐不等他再說甚麼，將兵器在櫃檯上一放，抱拳一拱，牽了馬匹便大踏步出鎮。

兩人到了鎮外無人之處，鍾兆文大拇指一翹，說道：「小兄弟，這一手眞成。鍾老大服了你啦，眞虧你想得出。」胡斐笑道：「硬了頭皮充好漢，這叫做無可奈何。」原來他想這鎮上的藥材鋪跟藥王必有干連，將隨身兵器放在店鋪之中，店中定會有人趕去報訊，那便表明自己此來絕無敵意。雖空手去見這麼個厲害角色，那是凶險之上又加凶險，但權衡輕重，這個險還是大可一冒。

兩人順大路向北走去，正想找人詢問去藥王莊的路徑，忽見西首一座小山之上，有個人手持藥鋤鋤地，似在採藥。胡斐見這人形貌俊雅，高高瘦瘦，是個教書先生模樣的書生，心念一動：「難道他便是毒手藥王？」上前恭恭敬敬的一揖，朗聲說道：「請問先生，上藥王莊怎生走法？晚輩二人想拜見莊主，有事相求。」

那人對胡鍾二人一眼也不瞧，自行聚精會神的鋤土掘草。胡斐連問幾聲，那人始終毫不理睬，竟似聾了一般。

胡斐不敢再問，鍾兆文向他使個眼色，兩人又向北行。悶聲不響的走出一里有餘，胡斐悄聲道：「鍾大哥，只怕這人便是藥王，你瞧怎麼辦？」鍾兆文道：「我也有幾分疑心，可萬萬點破不得。他自己若不承認，而咱們認出他來，正是犯了他大忌。眼前只有先找到藥王莊，咱們認地不認人，那便無礙。」

說話之時，曲曲折折又轉了幾個彎，見離大路數十丈處有個大花圃，一個身穿青布衫子的村女彎著腰在整理花草。胡斐見花圃後有三間茅舍，放眼遠望，四下別無人煙，上前幾步，向那村女作了一揖，問道：「請問姑娘，上藥王莊走那一條路？」

那村女抬起頭來，向著胡斐一瞧，一雙眼睛明亮之極，眼珠黑得像漆，這麼一抬頭，登時精光四射。胡斐心中一怔：「這鄉下姑娘的眼睛，怎麼亮得如此異乎尋常？」見她除一雙眼睛外，容貌卻也平平，肌膚枯黃，臉有菜色，似乎終年吃不飽飯似的，頭髮也黃稀乾枯，雙肩如削，身材瘦小，顯是窮村貧女，自幼便少了滋養。一身荊釵布裙，衣衫甚是乾淨齊整，漿洗得不染絲毫塵土泥污。她相貌似乎已有十六七歲，身形卻如是個十四五歲的幼女，但見她拔草理花時手腳利落。

胡斐又問一句：「請問上藥王莊，不知是向東北還是向西北？」

那村女低下了頭，冷冷的道：「不知道。」語音甚為清亮。

鍾兆文見她如此無禮，臉一沉，便要發作，但隨即想起此處距藥王莊不遠，甚麼人都得罪不得，哼了一聲，道：「兄弟，咱們走吧，那藥王莊是白馬寺大大有名之處，總不能找不到。」

胡斐心想天色已經不早，如走錯了路，黑夜之中在這險地到處瞎闖，大是不妙，眼見左近並無人家可以問路，又問那村女道：「姑娘，你父母在家麼？他們定會知道去藥王莊的路徑。」那村女不再理睬，自管自拔草。

鍾兆文縱馬便向前奔，道路狹窄，那馬右邊前後雙蹄踏在路上，左側的兩蹄卻踏入了花圃。鍾兆文雖無惡意，但生性粗豪，又惱那村女無禮，急於趕路，也不理會。胡斐見近路邊的一排花草便要給馬踏壞，忙縱身上前，拉住韁繩往右一帶，說道：「小心踏壞了花草。」那馬給他這麼一引，右蹄踏到了道路右側，左蹄回上路面。

鍾兆文道：「快走吧，在這兒別耽擱啦！」說著一提韁繩，向前馳去。胡斐自幼孤苦，見那村女貧弱，並不惱她不肯指引，反生憐憫之意，心想她種這些花草，定是賣了賴以為活，生怕給自己坐騎踏壞了，牽著馬步行過了花地，這才上馬。

那村女瞧在眼裏，突然抬頭問道：「你到藥王莊去幹麼？」胡斐勒馬答道：「有位朋友給毒藥傷了眼睛，我們特地來求藥王賜些解藥。」那村女道：「你認得藥王麼？」胡斐搖頭說道：「我們只聞其名，從來沒見過他老人家。」那村女慢慢站直身子，向胡斐打量了幾眼，問道：「你怎知他肯給解藥？」

胡斐臉有為難之色，答道：「這事原本難說。」心中忽然一動：「這位姑娘住在此處，或者知道藥王的性情行事。」翻身下馬，抱拳躬身，說道：「便是要請姑娘指點途徑。」這「指點途徑」四字，意帶雙關，可以說是請她指點去藥王莊的道路，也可說是請教求藥的方法。

那村女自頭至腳的向他打量一遍，並不答話，指著花圃中的一對糞桶，道：「你到那邊糞池去裝小半桶糞，到溪裏加滿清水，幫我把這塊花澆一澆。」

這三句話大出胡斐意料之外，心想我只向你問路，怎麼叫我澆起花來？而且出言毫不客氣，竟將我當作你家傭工一般？他雖幼時貧苦，卻也從未做過挑糞澆糞這等粗事。那村女說了這幾句話後，又俯身拔草，一眼也不再瞧他。胡斐一怔之下，向茅舍裏望去，不見有人，心想：「這姑娘生得瘦弱，要挑這兩大桶糞當真不易。我是一身力氣的男子漢，便幫她挑一擔糞又有何妨？」將馬繫在柳樹上，挑起糞桶，便去擔糞。

鍾兆文行了一程，不見胡斐跟來，回頭看時，遠遠望見他挑了一副糞桶，走向溪邊，不禁大奇，叫道：「喂，你幹甚麼？」胡斐叫道：「我幫這位姑娘做點兒工夫。鍾大哥請先走一步，我馬上就趕來。」鍾兆文搖了搖頭，心想年輕人當眞不分輕重，在這當口居然還這般多管閒事，縱馬緩緩而行。

胡斐挑了一擔糞水，回到花地之旁，用木瓢舀了，便要往花旁澆去。那村女忽道：「你不成，糞水太濃，一澆下去，花都枯死啦。」胡斐一呆，不知所措。那村女道：「你倒回糞池去，只留一半，再去加半桶水，那便成了。」胡斐微感不耐，但想好人做到底，依言倒糞加水，回來澆花。

那村女道：「小心些，糞水不可碰到花瓣葉子。」胡斐應道：「是！」見那些花朵色作深藍，形狀頗爲奇特，每朵花便像是一隻小鞋，幽香淡淡，不知其名，當下一瓢一瓢的小心澆了，果然不讓糞水碰到花瓣葉子，直把兩桶糞水盡數澆完。

那村女見他功夫做得妥善，點頭微笑，表示滿意，說道：「很好，再去挑一擔澆了。」胡斐站直身子，溫言道：「我朋友等得心焦了，等我從藥王莊回來，再幫你澆花，好麼？」那村女道：「你還是在這兒澆花的好。我見你人不錯，才要你挑糞呢。」

胡斐聽她言語奇怪，心想反正已經躭擱了，也不爭在這一刻時光，加快手腳，急急忙忙的又去挑了一擔糞水，將地裏的藍花盡數澆了。雖急於趕路，仍小心翼翼，沒把糞水淋到花葉。這時夕陽已落到山坳，金光反照，射在一大片藍花之上，輝煌燦爛，甚是華美。胡斐忍不住讚道：「這些花當眞好看！」他澆了兩擔糞，對這些藍花已略生感情，讚美的語氣頗爲眞誠。

那村女點點頭，正待說話，鍾兆文騎了馬奔回，大聲叫道：「兄弟，這時候還不走嗎？」胡斐道：「是了，來啦！」轉眼望著村女，目光中含有祈求之意。

那村女臉一沉，說道：「你幫我澆花，原來爲了要我指點途徑，是不是？」胡斐心想：「我確盼你指點道路，但幫你澆花，卻純是爲了憐你瘦弱，這時再開口相求，反而變成有意的施恩市惠了。」忽然想起那日捉了鐵蠍子和小祝融二人去交給袁紫衣，她曾說：「這叫做市恩，最壞的傢伙才是如此。」心中禁不住微感甜意，當即一笑，說道：「這些花眞好看！」走向柳樹旁解韁牽馬。

那村女道：「且慢。」胡斐回過頭來，只怕她還要囉唆甚麼，甚感不耐。那村女拔起兩棵藍花，向他擲去，說道：「你說這花好看，就送你兩棵。」胡斐伸手接住，說道：「多謝！」順手放在懷內。那村女道：「他姓鍾，你姓甚麼？」胡斐道：「我姓胡。」那村女點頭道：「你們要去藥王莊，還是向東北方去的好。」

鍾兆文本是向西北而行，久等胡斐不來，不耐煩了，回頭尋來，聽那村女如此說，煩躁之意盡去，低聲笑道：「小兄弟，眞有你的，又免得做哥哥的多走冤枉路。」胡斐卻心生懷疑：「倘若藥王莊是在東北方，那麼直截了當的指點便是，爲甚麼說『還是向東北方去的好』？」不願向村女再問，引馬向東北方而去。

兩人一陣急馳，奔出八九里，前面浩淼大湖，已無去路，只一條小路通向西方。

鍾兆文罵道：「這丫頭眞可惡，不肯指路也罷了，卻教咱們大走錯路。回去要好好教訓她一頓。」胡斐也好生奇怪，自忖並沒得罪了她，何以作弄自己，說道：「鍾大哥，這鄉下姑娘定和藥王莊有甚干連。」鍾兆文道：「嗯，你瞧出甚麼端倪沒有？」胡斐道：「她一雙眼珠子炯炯有神，說話的神態，也不像是沒見過世面的鄉下女子。」鍾兆文一驚，道：「不錯！她給你的那兩棵花，還是快些拋了。」

胡斐從懷中取出藍花，見花光嬌艷，不忍便此丟棄，說道：「小小兩棵花兒，想來也沒大礙！」仍放回懷中，縱馬向西。鍾兆文在後叫道：「喂，還是小心些好。」胡斐含糊答應，催馬前行。暮靄蒼茫中，陣陣歸鴉從頭頂越過。

忽見右側有兩人俯身湖邊，似在喝水。胡斐勒馬想要問路，見兩人始終不動，心知有異，跳下馬去，叫道：「勞駕！」兩人仍然不動。鍾兆文伸手一扳一人肩頭，那人仰天翻倒，但見他雙眼翻白，早死去多時，臉上滿是深黑色斑點，肌肉扭曲，甚爲可怖，再瞧另一人也是如此。鍾兆文道：「中毒死的。」胡斐點點頭，見兩名死者身上都帶著兵刃，說道：「毒手藥王的對頭？」鍾兆文也點了點頭。

兩人上馬又行，天色漸黑，更覺前途凶險重重。又行一程，見路旁草木稀疏，越行草木越少，到後來地下光溜溜一片，竟然寸草不生，大樹小樹更沒一棵。胡斐心下起疑，勒馬說道：「鍾大哥，你瞧，這裏好生古怪。」鍾兆文也已瞧出不對，道：「就算有人剷淨刨絕，也必留下草根痕跡，我看……」沉吟片刻，低聲道：「藥王莊定在左近，想是他在土中下了劇毒，以致連草也沒一根。」

胡斐點了點頭，心中驚懼，從包袱上撕下幾根布條，將鍾兆文所乘坐騎的馬口縛住，然後縛上自己坐騎馬口。鍾兆文知他生怕再向前行時遇到有毒草木，牲口嚼到便不免遇害，點了點頭，暗讚他心思細密。

行不多時，遠遠望見一座房屋。走到近處，見屋子的模樣甚爲古怪，便似是一座大墳，無門無窗，黑黝黝的甚是陰森可怖。兩人均想：「瞧這屋子模樣，自然是藥王莊了。」離屋數丈，有一排矮矮的小樹環屋而生，樹葉便似栗樹葉子，顏色卻如秋日楓葉，殷紅如血，暮色之中，令人不寒而慄。

鍾兆文平生浪蕩江湖，甚麼凶險之事沒見過？他自己三兄弟便打扮成凶門喪主一般，令人見之生畏，但此時看到這般情景，一顆心也不禁突突亂跳，低聲道：「怎麼辦？」胡斐道：「咱們以禮相求，隨機應變。」縱馬向前，行到離矮樹叢數丈之處，下馬牽了韁繩，朗聲說道：「鄂北鍾兆文，晚輩遼東胡斐，特來向藥王前輩請安。」這三句話每一字都從丹田送出，雖不如何響亮，但聲聞里許，屋中人自必聽得清清楚楚。

過了半晌，屋中竟沒半點動靜。胡斐又說了一遍，圓屋中仍無回應，便似沒人居住一般。胡斐又朗聲道：「金面佛苗大俠中毒受傷，所用毒藥，是奸人自前輩處盜來。敬請前輩慈悲，賜以解藥。」但不論他說甚麼，圓屋中始終寂無聲息。

過了良久，天色更黑了。胡斐低聲問道：「鍾大哥，怎麼辦？」鍾兆文道：「總不成眼看苗大俠瞎了雙目，咱們空手而返。」胡斐道：「不錯，便龍潭虎穴，也得闖一闖。」兩人這時均起了動武用強之意，心想那毒手藥王雖擅於使毒，武功卻未必了得，動之以利，軟硬兼施，非得將解藥取到手不可。兩人放下馬匹，走向矮樹。只見那一叢矮樹枝葉緊密，不能穿過，鍾兆文縱身躍起，便從樹叢上飛越過去。

他身在半空，鼻中猛然聞到一陣濃香，眼前一黑，登時暈眩，摔跌在樹叢之內。胡斐大驚，跟著躍進，越過樹叢頂上時，但覺奇香刺鼻，中人欲嘔，胸口煩惡。他一落地，忙扶起鍾兆文，探他鼻間尚有呼吸，只雙目緊閉，手指和顏面卻已冰冷。

胡斐暗暗叫苦：「苗大俠的解藥尚未求得，鍾大哥卻又中毒，看來我自己也已沾上毒氣，只還沒發作而已。」矮身直縱到圓屋前，叫道：「藥王前輩，晚輩空手前來拜莊，實無歹意，再不賜見，晚輩迫得無禮了。」

他打量那圓屋牆垣，只見自屋頂以至牆腳通體黑色，顯然並非土木所構。他不敢伸手去推，但四下地裏打掃得乾淨無比，連一塊極細小的磚石也沒法找到，從懷中摸出一錠銀子，在牆上輕敲三下，果然錚錚錚的發出金屬之聲。

他將銀錠放回懷中，一低頭，聞到一陣淡淡清香，精神為之一振，頭腦本來昏昏沉沉，一聞到香氣，立時清明，他略略彎腰，香氣更濃，才知香氣是從那村女所贈的藍花上發出。胡斐心中一動：「看來這香氣有解毒之功，她果是一番好意。」

他加快腳步，環繞圓屋奔了一周，非但找不到門窗，連小孔和細縫也沒發見，心想難道屋中當眞並無人居？否則毫無通風之處，怎能不給悶死？他手中沒兵刃，對這通體鐵鑄的圓屋無法可施。凝思片刻，從懷中取出藍花，放在鍾兆文鼻下，過不多時，他打了個噴嚏，悠悠醒轉。

胡斐大喜，心想：「那姑娘既有解毒之法，不如回去求她指點。」將一枝藍花揷在鍾兆文襟上，自己手中拿了一枝，扶著鍾兆文躍過矮樹。他雙足落地，忽聽得圓屋中有人大聲「咦！」的一下驚呼。聲音隔著鐵壁傳來，頗為鬱悶，但仍可聽得出含意既驚且怒。

胡斐回頭叫道：「藥王前輩，能賜見一面麼？」他接連問了兩聲，圓屋中更無聲息。忽聽得砰砰兩響，重物倒地。胡斐回過頭來，見兩匹坐騎同時摔倒，縱身過去，見兩匹馬眼目緊閉，口吐黑沫，已中毒斷氣，身上卻沒半點傷痕。

到此地步，兩人不敢在這險地更多逗留，低聲商量幾句，決意回去向村女求教，當即從原路趕回。

鍾兆文中毒後腳力疲蹐，行一程歇一程，直到二更時分，才回到那村女的茅屋之前。沉沉黑夜中，花圃裏藍花香氣馥郁，鍾胡二人一聞之下，困累盡去，大感愉適。

茅舍窗中突然透出燈光，呀的一聲，柴扉打開，那村女開門出來，說道：「請進來吧！只鄉下沒甚麼款待，粗茶淡飯，怠慢了貴客。」胡斐聽她出言不俗，忙抱拳道：「深夜叨擾，很過意不去。」那村女微微一笑，閃身門旁，讓兩人進屋。

胡斐踏進茅屋，見屋中木桌木凳，陳設也無異尋常農家，只纖塵不染，乾淨得過了份，甚至連牆腳之下，板壁縫中，也沖洗得不留半點灰土。這般清潔的模樣，便似圓屋周遭一般，令人隱隱不安。

那村女道：「鍾爺、胡爺請坐。」說著到廚下拿出兩副碗筷，跟著托出三菜一湯，兩大碗熱氣騰騰的白米飯。三碗菜是煎豆腐、鮮笋炒豆芽、草菇煮白菜，那湯則是鹹菜豆瓣湯。雖是素菜，卻也香氣撲鼻。

兩人奔馳了大半日，早就餓了。胡斐笑道：「多謝！」端起飯碗，提筷便吃。鍾兆文尋思：「這飯菜她早就預備好了，顯是料到我們去後必回。寧可餓死了，這飯卻千萬吃不得。」見那村女轉身回入廚下，向胡斐使個眼色，低聲道：「兄弟，我跟你說過，在藥王莊三十里地之內，決不能飲食。你怎地忘了？」

胡斐卻想：「這位姑娘對我若有歹心，決不能送花給我。雖防人之心不可無，但如不吃此餐，定是將她得罪了。」他正要回答，那村女又從廚下托出一隻木盤，盤中一隻小小木桶，裝滿了白飯。胡斐站起身來，說道：「多謝姑娘厚待，我們要請拜見令尊令堂。」那村女道：「我爹媽都過世了，這裏便只我一人。」胡斐「啊」了一聲，坐下來舉筷便吃，三碗菜肴本就鮮美，胡斐爲討她喜歡，更讚不絕口。

鍾兆文心道：「你如不聽我勸，那也無法，總不成兩個一齊著了人家道兒。」向那村女道：「我適才暈去多時，肚子裏很不舒服，不想吃飯。」那村女斟了一杯茶來，道：「那麼請用一杯清茶。」鍾兆文見茶水碧綠，清澈可愛，雖口中大感乾渴，仍只謝了一聲，接過茶杯放在桌上，卻不飲用。

村女也不爲意，見胡斐狼吞虎嚥，吃了一碗又一碗，不由得眉梢眼角之間頗露喜色。胡斐瞧在眼裏，心想我反正吃了，少吃倘若中毒，多吃也是中毒，索性放開肚子，吃了四大碗白米飯，將三菜一湯吃得全都碗底朝天。村女過來收拾，胡斐搶著把碗筷放在盤中，托到廚下，隨手在水缸中舀了水，將碗筷洗乾淨了，抹乾放入櫥中。

那村女洗鑊掃地，兩人一齊動手收拾。胡斐也不提起適才之事，見水缸中只賸下了小半缸水，拿了水桶，到門外小溪中挑了兩擔，將水缸裝得滿滿。

挑完了水回到堂上，見鍾兆文已伏在桌上睡了。那村女道：「鄉下人家，沒待客地方，委屈胡爺，胡亂在長凳上睡一晚吧！」胡斐道：「姑娘不用客氣！」見她走進內室，輕輕關上房門，卻沒聽見落閂之聲，心想這個姑娘孤另另的獨居於此，竟敢讓兩個男子漢在屋中留宿，膽子倒也不小，伸手輕推鍾兆文肩膀，低聲道：「鍾大哥，在長凳上睡得舒服些！」不料這麼輕輕一推，鍾兆文竟應手而倒，砰的一聲，跌落在地。

胡斐大驚，忙抱著他腰扶起，往他臉上摸去，著手火滾，竟發著高燒。胡斐驚問：「鍾大哥，你怎麼啦？」舉油燈湊近瞧時，見他滿臉通紅，宛似酒醉，口鼻中更噴出陣陣極濃酒氣。胡斐大奇：「他連茶也不敢喝一口，怎麼這霎時之間，竟會醉倒？」又聽他迷迷糊糊道：「我沒醉，沒醉！來來來，再喝三大碗！」跟著「五經魁首！」「四季發財！」的豁起拳來。

胡斐知他定是著了那村女手腳，他不肯吃飯飲茶，那村女卻用甚麼奇妙法門，弄得他便似大醉一般，驚奇交集，不知是去求那村女救治呢，還是讓他順其自然，慢慢轉醒，轉念又想：「這是中毒，並非眞的酒醉，未必便能自行淸醒。」

正在此時，忽聽遠處傳來一陣陣慘厲的野獸吼叫，深夜聽來，頗爲驚心動魄，聽聲音似是狼嗥，但洞庭湖畔多是平原，縱有一二野狼，也不致如這般成羣結隊。

嗥叫漸近，胡斐站起身來，側耳凝聽，聽得狼嗥之中，還夾著一二聲山羊的咩叫，顯是狼羣逐羊噬咬。當下也不以爲意，正想再去察看鍾兆文情狀，呀的一聲，房門推開，那村女手持燭台，走了出來，臉上略現驚惶，說道：「這是狼叫啊。」

胡斐點了點頭，道：「姑娘……」向鍾兆文一指。

只聽得馬蹄聲、羊咩聲、狼嗥聲吵成一片，竟是直奔這茅屋而來。胡斐臉上變色，心想若敵人大舉來襲，這茅屋不經一衝，何況鍾大哥中毒後人事不知，這村女處在肘腋之旁，是敵是友，身分不明，這便如何是好？轉念未畢，聽得一騎快馬急馳而至。

胡斐手無寸鐵，彎腰抱起鍾兆文，衝進廚房，想要找柄菜刀，黑暗中卻又摸索不到，只聽那村女大聲叫道：「是孟家的人麼？半夜三更到這裏幹甚麼？」胡斐聽她口氣嚴厲，不似作僞，看來她與來襲之人並非一路，心中稍慰，搶出後院，在地下抓起一把石子，縱身上了一株柳樹，將鍾兆文擱在兩個大椏枝之間，凝目望去。

星光下只見一個灰衣漢子騎在馬上，衝到茅屋之前，馬後塵土飛揚，跟著十幾頭餓狼，叫聲大作。瞧這情勢，似乎那人途中遇到餓狼襲擊，縱馬奔逃，定神再看，見馬後拖著白白的一團東西，是隻活羊。胡斐心想，這多半是個獵人，以羊爲餌，設計誘捕狼羣。卻見那人縱馬馳入花圃，直奔到東首，圈轉馬頭，又向西馳來，一羣餓狼在後追叫，這麼一來一去，登時將花圃踐踏得不成模樣。這漢子的坐騎甚爲駿良，他騎術又精，來回衝了幾次，餓狼始終咬不到活羊。

胡斐一轉念間，已然省悟：「啊，這傢伙是來踩壞藍花！我如何能袖手不理？」雙足一點，躍到了茅屋頂上，忽聽那人「哎喲！」一聲叫，縱馬向北疾馳而去，那活羊卻留在花圃之中。羣狼撲上去搶咬撕奪，更將花圃蹂躪得狼藉不堪。

胡斐心道：「此人用心好不歹毒！」兩塊石子飛出，噗噗兩聲，打在兩頭惡狼腦門正中，登時腦漿迸裂，屍橫就地。他跟著又打出兩塊石子，這一次石子較小，準頭也略偏了些，一中狼腹，一中狼肩，饒是如此，兩頭惡狼也已痛得嗷嗷大叫。羣狼連吃苦頭，知屋頂有人，仰起了頭望著胡斐，張牙舞爪，聲勢洶洶。胡斐見了羣狼這副兇惡神情，心中大是發毛，自己赤手空拳，實不易和這十幾頭惡狼的銳牙利爪相抗，瞧準了一頭最大的雄狼，一塊石片斜削而下，正中咽喉。那狼在地下一個打滾，吃痛不過，轉身便逃，另有一頭大狼咬了白羊，跟著逃走。

片刻之間，叫聲越去越遠，花圃中的藍花卻已遭踐踏得七零八落。

胡斐躍下屋來，竄上柳樹去將鍾兆文抱下，進屋放在長凳上，連稱：「可惜，可惜！」心想那村女辛勤鋤花拔草，將這片藍花培植得大是可觀，現下頃刻之間盡歸毀敗，一定惱怒異常。那知村女一句不提藍花被毀，只笑吟吟的道：「多謝胡爺援手了。」胡斐道：「說來慚愧！都怪我見機不早，出手太遲，倘若早將那惡漢在花圃外打下馬來，這片花卉還能保全。唉，眞可惜！」

那村女微微一笑，道：「藍花就算不給惡狼踏壞，過幾天也會自行萎謝。只不過遲早之間，也沒甚麼。」胡斐一怔，心想：「這姑娘吐屬不凡，言語之間似含玄機。」說道：「在府上吵擾，卻還沒請教姑娘尊姓。」那村女微一沉吟，道：「我姓程，但在旁人跟前，你別提我姓氏。」這話甚是親切，似乎已將胡斐當作了自己人。胡斐很高興，問道：「那我叫你甚麼？」

那村女道：「你這人很好，我便索性連名字也都跟你說了。我叫程靈素，『靈樞』的『靈』，『素問』的『素』。」胡斐不知「靈樞」和「素問」乃中國兩大醫經，只覺這兩字很雅致，不像農村女子的名字，這時已知她決不是尋常鄉下姑娘，也不以爲異，笑道：「那我便叫你『靈姑娘』，別人聽來，只當我叫你是姓林的姑娘呢。」程靈素嫣然一笑，道：「你總有法兒討我歡喜。」胡斐心中微動，覺她相貌雖不甚美，但這麼一言一笑，自有一股嫵媚風致。

他正想詢問鍾兆文酒醉之事，程靈素道：「你的鍾大哥喝醉了酒，不礙事，到天明便醒了。現下我要去瞧幾個人，你同不同我去？」胡斐覺得這小姑娘行事處處十分奇怪，這半夜三更去探訪別人，必有深意，便道：「我自然去。」

程靈素道：「你陪我去，咱們可得約法三章。第一，你今晚不許跟人說話……」胡斐道：「好，我扮啞子便是。」程靈素笑道：「那倒不用，跟我說話當然可以。第二，不能跟人動武，發暗器點穴，一概禁止。第三，不能離開我三步之外。」

胡斐點頭答應，心想：「原來她帶我去見毒手藥王。她叫我不能離開她身邊三步，自是怕我中毒受害了。」不由得精神一振，道：「咱們這便去麼？」程靈素道：「得帶些東西。」走進自己房內，過了約莫一盞茶時分，挑了兩隻竹籮出來，籮上用蓋蓋著，不知裏面放著些甚麼，看她模樣，挑得頗爲吃力。

胡斐道：「我來挑！」接過扁擔，一放上肩頭，幾有一百二三十斤。兩隻竹籮輕重懸殊，一隻甚重，一隻卻頗輕，挑來很不方便，他把較輕的竹籮放得離肩頭遠些，扁擔兩頭便可大致平衡。只見鍾兆文兀自伏在桌上呼呼大睡，經過他身旁便聞到一股濃烈酒氣。

兩人出了茅舍，程靈素將門帶上，在前引路。胡斐道：「靈姑娘，我問你一件事，成不成？」程靈素道：「成啊，就怕我答不上。」胡斐道：「你如答不出，天下就沒第二個人答得出了。鍾大哥滴水沒入口，怎地會醉成這樣？」程靈素輕輕一笑，道：「就因他滴水不肯入口，才吃了虧。」胡斐道：「這個我就不懂了。鍾大哥是老江湖，鄂北鬼見愁鍾氏三雄，在武林中也算頗有名聲。我卻是個見識淺陋之人，那知道他處處小心，反而……」說到這裏，住口不說了。

程靈素道：「你說好了！他處處小心，反而著了我道兒，是不是？處處小心提防便有用了嗎？只有像你這般，才會太平無事。」胡斐道：「我怎麼啊？」程靈素笑道：「叫你挑糞便挑糞，叫你吃飯便吃飯。這般聽話，人家怎會忍心害你？」胡斐笑道：「原來做人要聽話才好。可是你整人的法兒也太巧妙了些，我還是摸不著頭腦。」

程靈素道：「好，我教你個乖。廳上有盆小小白花，你瞧見了麼？」胡斐當時沒留意，這時一加回想，果然記得窗口一張小几上放著一盆小朵兒白花。程靈素道：「這盆花叫做醍醐香，花香醉人，極是厲害，聞得稍久，便跟飲了烈酒一般無異。我在湯裏、茶裏都放了解藥。誰教他不喝啊？」

胡斐這才恍然，不禁對這位姑娘大爲敬畏，暗想自來只聽說有人在飲食之中下毒，那知她下毒的方法卻高明得多，對方不吃不喝反而會中毒。程靈素道：「待會回去我便給他解藥，不用躭心。」胡斐心中一動：「這姑娘既擅用藥物，說不定能治苗大俠的傷目，那便不須去求甚麼毒手藥王了。」問道：「靈姑娘，你知道解治斷腸草毒性的法子嗎？」程靈素道：「難說。」

胡斐聽她說了這兩個字，便沒下文，不便就提求醫之事，見她腳步輕盈，在前不疾不徐的走著，雖不是施展輕功，但沒過多少時光已走了六七里路，瞧方向是走向正東，不是去藥王莊的道路，忽又想到一事，說道：「我還想請問一件事，剛才我和鍾大哥去藥王莊，你說還是向東北方去的好，故意叫我們繞道多走了二十幾里路。這其中的用意，我一直沒能明白。」

程靈素道：「你眞正想問我的，還不是這件事。我猜你是想問：藥王莊明明是在西北，咱們怎麼向東走？」胡斐笑道：「你旣猜到了，那我一併請問便是。」程靈素道：「咱們所以不朝藥王莊走，因爲並不是去藥王莊。」這一下，胡斐又是始料所不及，「啊」了一聲。

程靈素又道：「白天我要你澆花，一來是試試你，二來是要你躭擱些時光，後來再叫你繞道多走二十幾里，也是爲了要你多耗時刻，這樣便能在天黑之後再到藥王莊外。只因藥王莊外所種的血矮栗，一到天黑，毒性便小，我給你的藍花才剋得它住。」

胡斐聽了欽服無已，萬想不到用毒使藥，竟有這許多學問，這貌不驚人的小姑娘用心深至，更非常人所及，當下說到在洞庭湖畔見到的兩名死者。程靈素聽說兩名死者臉上滿是黑點，肌肉扭曲，哼了一聲，道：「這種鬼蝙蝠的毒無藥可治。他們甚麼也不顧了。」胡斐心想：「『鬼蝙蝠』是甚麼毒，反正她說了我也不懂。一意聽她吩咐行事便了，做人聽話便不吃虧。多說多問，徒然顯得自己一無是處。」便不再詢問，跟在她身後一路向東。

又走了五六里路，進了一座黑黝黝的樹林。程靈素低聲道：「到了。他們還沒來，咱們在這林子中等候，你把這隻竹籮放在那株樹下。」說著向一株大樹一指。胡斐依言提了那隻份量甚重的竹籮過去放好。程靈素走到離大樹八九丈處的一叢長草旁，道：「這隻竹籮給我提過來。」隨即撥開長草，鑽進了草叢。

胡斐也不問誰還沒來，等候甚麼，記著不離開她三步的約言，便提了另一隻竹籮，也鑽進草叢，挨在她身旁。仰頭向天，見月輪西斜，已過夜半。樹林中蟲聲此起彼伏，偶然也聽到一二聲梟鳴。程靈素吹熄燈籠，遞給他一粒藥丸，低聲道：「含在口裏，別吞下！」胡斐看也不看便放入嘴中，但覺味道極苦。

兩人靜靜坐著，過了小半個時辰，胡斐只覺這一日一晚的經歷大是詭異，當真是生平從所未遇之奇。突然之間，想到了袁紫衣：「不知她這時身在何處？如果這時在我身畔的，不是這個瘦瘦小小的姑娘而是袁姑娘，不知她要跟我說甚麼？」一想到她，便伸手入懷去摸玉鳳。

忽然程靈素伸手拉了他衣角，向前一指。胡斐順著她手指瞧去，只見遠處一盞燈籠，正漸漸移近。本來燈籠的火光必是暗紅色，這盞燈籠發出的卻是碧油油的綠光。燈籠來得甚快，不多時已到身前十餘丈外，燈下瞧得明白，提燈的是個駝背女子，走起路來左高右低，看來右腳是跛的。她身後緊隨著一個漢子，身材魁梧，腰間插著明晃晃的一把尖刀。

胡斐想起鍾兆文的說話，身子微微一顫，尋思：「鍾大哥說，有人說毒手藥王是個屠夫模樣的大漢，又有人說藥王是個又駝又跛的女子。那麼這兩人之中，必有一個是藥王。」斜眼向程靈素看去，樹影下見不到她臉色，但見她一對清澈晶瑩的大眼，目不轉睛的望著兩人，神情顯甚緊張。胡斐登時起了俠義之心：「這毒手藥王如要不利於她，我便拚著性命不要，也要護她周全。」

那一男一女漸漸走近。只見那女子容貌文秀，雖身有殘疾，仍可說得上是個美女，那大漢卻滿臉橫肉，形相兇狠。兩人都是四十來歲年紀。胡斐一身武功，便遇到巨寇大賊環攻，也無所畏懼，但這時卻心中怦怦亂跳，知道對付這種人，武功再強也未必管用。自己登時便如面臨大敵，而身無半分武功一般。

那兩人走到胡斐身前七八丈處，忽然折而向左，又走了十餘丈，這才站定身子。那大漢朗聲叫道：「慕容師兄，我夫婦依約前來，便請露面相見吧！」

他站立之處距胡斐並不甚遠，突然開口說話，聲音又大，把胡斐嚇了一跳。那大漢喊了兩遍，沒人答話，胡斐心道：「這兩人原來是一對夫妻。這裏除了咱們四人，再沒旁人，那裏還有甚麼慕容師兄？」

那駝背女子細聲細氣的道：「慕容師兄既不肯現身，我夫婦迫得無禮了。」

胡斐暗暗好笑：「這叫做一報還一報。適才我到藥王莊來拜訪，說甚麼你們也不理睬，這時候別人也給一個軟釘子你們碰碰。」見那女子從懷中取出一束乾草，伸到燈籠中去點燃了，立時發出一股濃煙，過不多時，林中便白霧瀰漫，煙霧之中微有檀香氣息，倒也並不難聞。

胡斐聽她說「迫得無禮」四字，知道這股煙霧定然厲害，但自己卻也不感到有何不適，想必是口中含了藥丸之功，轉頭向程靈素望了一眼。這時她也正回眸瞧他，目光中充滿了關切之意。胡斐心中感激，微微點了點頭。

煙霧越來越濃，突然大樹下的竹籮中有人大聲打了個噴嚏。

胡斐大吃一驚：「怎地竹籮中有人？我挑了半天竟毫不知情。那麼我跟程姑娘的說話，都讓他聽去了？」自忖對毒物醫藥之道雖一竅不通，但練了這許多年武功，決不能挑著一個人走這許多路而茫然不覺，除非這是個死人，那又作別論。他既會打噴嚏，當然不是死人。只聽竹籮中那人又連打幾個噴嚏，籮蓋掀開，躍了出來。但見他長袍儒巾，正是日間所見在小山上採藥的那教書先生。

這時他衣衫凌亂，頭巾歪斜，神情狼狽，已沒半點日間所見的儒雅鎮定神態，一見到那男女二人，便怒聲喝道：「好啊，姜師弟、薛師妹，你們下手越來越陰毒了。」

那夫婦倆見他這般模樣，也似頗出意料之外。那大漢冷笑道：「還說我們下手陰毒？你這般躲在竹籮之中，誰又料得到了？慕容師兄……」他話未說完，那書生嗅了幾下，神色大變，急從懷中摸出一樣物事，放入口中。

那駝背女子將散發濃煙的草藥一足踏滅，放回懷中，說道：「大師哥，來不及啦，來不及啦！」那書生臉如土色，頹然坐倒在地，過了半晌，說道：「好，算我栽了。」

那大漢從懷中摸出一個青色瓷瓶，舉在手裏，道：「解藥便在這裏。你師姪中了你的毒手，得拿解藥來換啊。」那書生道：「胡說八道！你們是說小鐵哥麼？我幾年沒見他了，下甚麼毒手？」那駝背女子道：「你約我們到這裏，便只要說這句話麼？」轉頭向那大漢道：「鐵山，咱們走吧。」說著掉頭便走。那大漢尚有猶豫，道：「小鐵……」那女子道：「他恨咱們入骨，寧可自己送了性命，也決不肯饒過小鐵。這些年來，難道你還想不通？」那大漢不願就此便走，說道：「大師哥，咱們多年以前的舊怨，到這時何必再放在心上？小弟奉勸一句，還是交換解藥，把這個結子也同時解開了吧！」這幾句話說得甚是誠懇。

那書生問道：「薛師妹，小鐵中了甚麼毒？」那女子冷笑一聲，並不回答。那大漢道：「大師哥，到這地步，也不用假惺惺了。小弟恭賀你種成了七心海棠……」那書生大聲道：「誰種成了七心海棠？難道小鐵中的是七心海棠之毒？我沒有啊，我沒有啊！」他說這幾句話時神情惶急，語音也已發顫。

兩夫婦對望了一眼。那女子道：「好，慕容師兄，廢話少說。你約我們到這裏來相會，有甚麼吩咐？」那書生搔頭道：「我沒約啊。是你們把我搬到這裏來，怎麼反說是我相約？」說到這裏，又氣又愧，突然飛起一腿，將竹籮踢出了六七丈。

那女子冷冷的道：「難道這封信也不是你寫的？師哥的字跡，我生平瞧得也不算少了。」說著從懷中取出一張紙箋，左手一揚，紙箋便向那書生飛了過去。那書生伸手欲接，突然縮手，跟著揮掌拍出，掌風將那紙箋在空中一擋，左手中指輕彈，發出一枚暗器。這暗器是一枚長約三寸的透骨釘，射向紙箋，啪的一聲，將紙箋釘在樹上。

胡斐暗自心驚：「跟這些人打交道，對方說一句話，噴一口氣，都要提防他下毒。這書生不敢用手去接紙箋，自是怕箋上有毒了。」只見駝背女子提高燈籠。火光照耀紙箋，白紙上兩行大字，胡斐雖在遠處，也看得清楚，見紙上寫著道：

「姜薛兩位：三更後請赴黑虎林，有事相商，知名不具。」

那兩行字筆致枯瘦，卻頗挺拔，字如其人，和那書生的身形隱隱然有相類之處。

那書生「咦」的一聲，似乎甚是詫異。

那大漢問道：「大師哥，有甚麼不對了？」那書生冷冷的道：「這信不是我寫的。」此言一出，夫婦兩人對望了一眼。那駝背女子冷笑一聲，顯是不信他的說話。那書生道：「信上的筆跡，倒眞和我的書法甚是相像，這可奇了。」他伸左手摸了摸頦下鬍鬚，勃然怒道：「你們把我裝在竹籮之中，抬到這裏，到底幹甚麼來啦？」那女子道：

「小鐵中了七心海棠之毒，你到底給治呢，還是不給治？」那書生道：「你拿得穩麼？當眞是七心……七心海棠麼？」說到「七心海棠」四字時聲音微顫，語音中流露了強烈的恐懼之意。

胡斐聽到這裏，心中漸漸明白，定是另有一個高手從中撥弄，以致這三人說來說去，言語總是不能接筍。那麼這高手是誰呢？

他不自禁的轉頭向身旁程靈素望了一眼，但見她一雙朗若明星的大眼在暗影下炯炯發光。難道這個面黃肌瘦的小姑娘竟有這般能耐？這可太也令人難以相信！

他正自凝思，猛聽得一聲大喝，聲音嗚嗚，極是怪異，忙回過頭來，只見那書生和那對夫婦已欺近在一起，各自蹲著身子，雙手向前平推，六掌相接，口中齊聲「嗚嗚」而呼。書生喝聲峻厲，大漢喝聲粗猛，那駝背女子的喝聲卻高而尖銳。三人的喝聲都是一般漫長，連續不斷。突然之間，喝聲齊止，那書生縱身後躍，寒光閃動，發出一枚透骨釘，將燈籠打滅，跟著那大漢大叫一聲：「啊喲！」顯是中了書生的暗算，身上受傷。

這時弦月已經落山，林中更無光亮，只覺四下裏處處都是危機，胡斐順手拉著程靈素的手向後一扯，自己擋在她身前。這一擋他未經思索，只覺凶險迫近，非盡力保護這弱女子不可，至於憑他之力是否保護得了，卻絕未想到。

那大漢叫了這一下之後，立即寂然無聲，樹林中雖共有五人，竟沒半點聲息。

胡斐又聽到了草間的蟲聲，聽到遠處貓頭鷹的咕咕而鳴。忽然之間，一隻軟軟的小手伸了過來，握住了他粗大的手掌。胡斐身子一顫，隨即知道這是程靈素的手，只覺柔嫩纖細，倒像十三四歲女童的手掌一般。

在一片寂靜之中，眼前忽地昇起兩股嬝嬝的煙霧，一白一灰，兩股煙像兩條活蛇一般，自兩旁向中央遊去，互相撞擊。同時嗤嗤嗤輕響不絕，胡斐在黑暗中睁大了眼睛，隱約見到左右各有一點火星。一點火星之後是那個書生，另一點火星之後是那駝背女子。兩人都蹲著身子，鼓氣將煙霧向對方吹去，自是點燃了草藥，發出毒煙，要令對方中毒。

兩人吹了好一會，林中煙霧瀰漫，越來越濃。突然之間，那書生「咦」的一聲，抬頭瞧著先前釘在大樹上的那張紙箋。胡斐見那紙箋微微搖晃，上面發出閃閃光芒，竟是寫著發光的幾行字。那夫婦二人也大爲驚奇，轉頭瞧去，只見那幾行字寫道：

「字諭慕容景岳、姜鐵山、薛鵲三徒知悉：爾等互相殘害，余甚厭惱，宜即盡釋前愆，繼余遺志，是所至囑。余臨終之情，素徒當爲詳告也。僧無嗔絕筆。」

那書生和女子齊聲驚呼：「師父死了麼？程師妹，你在那裏？」

程靈素輕輕鬆開了胡斐的手，從懷裏取出一根蠟燭，晃火摺點燃了，緩步走出。

書生慕容景岳、駝背女子薛鵲都臉色大變，厲聲問道：「師父的《藥王神篇》呢？

是你收著麼？」程靈素冷笑道：「慕容師兄，薛師姊，師父教養你們一生，恩德如山，你們不關懷他老人家生死，卻只問他遺物，未免太過無情。姜師兄，你怎麼說？」

那大漢姜鐵山受傷後倒在地下，聽程靈素問及，抬起頭來，怒道：「小鐵之傷，定是你下的毒手，這裏一切，也必是你這小丫頭從中搗鬼！快將師父遺書交出來！」程靈素凝目不語。慕容景岳喝道：「師父偏心，定是交了給你！」薛鵲道：「小師妹，你將師父遺書取出來，大夥兒一同觀看吧。」口吻中誘騙之意再也明白不過。

程靈素說道：「不錯，師父的《藥王神篇》確是傳了給我。」她頓了一頓，從懷中又取出一張紙箋，說道：「這是師父寫給我的諭字，三位請看。」說著交給薛鵲。薛鵲伸手待接，姜鐵山喝道：「師妹，小心！」薛鵲猛地省悟，退後了一步，向身前的一棵大樹一指。程靈素嘆了口氣，在頭髮上拔下一枚銀簪，揷在箋上，手一揚，連簪帶箋飛射出去，釘在樹上。

胡斐見她這一下出手，功夫甚是不弱，心想：「眞想不到這麼一個瘦弱幼女，竟跟這三人是同門師兄妹。」眼望紙箋，藉著她手中蠟燭的亮光，見箋上寫道：

「字諭靈素：余死後，爾傳告師兄師姊。三人中若有念及老僧者，爾可將無嗔醫藥錄示之。無悲慟思念之情者，恩義已絕，非我徒矣。切切此囑。僧無嗔絕筆。」

慕容景岳、姜鐵山、薛鵲三人看了這張諭字，面面相覷，均思自己只關念師父的遺物，對師父因何去世固然不問一句，更無半分哀痛悲傷之意。

慕容景岳與薛鵲只呆了一瞬之間，突然齊聲大叫，同時發難，向程靈素撲來。姜鐵山也掙扎著撐起，揮拳擊向程靈素。

胡斐叫道：「靈姑娘小心！」飛縱而出，眼見薛鵲的雙掌已拍到程靈素面前，忙運掌力向前擊出，單掌對雙掌，騰的一聲，將薛鵲震開，跟著勾住她手腕拋出二丈以外，右掌隨即回轉，一勾一帶，刁住姜鐵山的手腕，運起太極拳的「亂環訣」，借勢力拋，姜鐵山一個肥大的身軀直飛了出去，擲得比薛鵲更遠，結結實實的摔在地下。

這兩人雖擅於下毒，武功卻非一流高手。他回過身來，待要對付慕容景岳，只見他晃了兩晃，一交跌倒，俯在地下，再也站不起來。

薛鵲氣喘吁吁的道：「小師妹，你伏下好厲害的幫手啊，這小夥子是誰？」

胡斐接口道：「我姓胡名斐，賢夫婦有事儘管找我便是……」

程靈素頓足道：「你還說些甚麼？」

胡斐一怔，只見姜鐵山慢慢站起身來，夫婦倆向胡斐狠狠瞪了一眼，相互持扶，跌跌撞撞的出了樹林。

大鐵鑊中盛滿了熱水，鑊中坐著個赤裸著上身的男子，鑊中水氣不斷蒸升。程靈素道：

「你到灶下加些柴火！」

第十章　七心海棠

程靈素吹滅蠟燭，放入懷中，默不作聲。

胡斐問道：「靈姑娘，你這慕容師兄怎麼了？」程靈素「嘿」的一聲，並不回答。過了半晌，胡斐又問一句，程靈素又「哼」的一下。胡斐低聲道：「怎麼？你心裏不痛快麼？」程靈素幽幽的道：「我說的話，你沒一句放在心上。」

胡斐一怔，這才想起，她和自己約法三章，自己可一條也沒遵守：「她要我不跟旁人說話，我不但說話，還自報姓名。她要我不許動武，我卻連打兩人。她叫我不得離開她身子三步，咳，我離開她十步也不止了……」越想越歉然，訕訕的道：「眞對不起，只因我見這三人兇狠得緊，只怕傷到了你，心裏著急，登時甚麼都忘了。」

程靈素「嗤」的一笑，語音突轉柔和，道：「那你全是爲了我啦！自己忘得乾乾淨淨，卻把錯處都推在旁人身上，好不害臊！胡大哥，你為甚麼要自報姓名？這對夫妻最會記恨，一找上了你，陰魂不散，難纏得緊。他們明的打不過你，暗中下起毒來，千方百計，神出鬼沒，那可防不勝防。」

胡斐只聽得心中發毛，心想她的話倒非誇大其辭，但事已如此，怕也枉然。

程靈素又問：「你幹麼把姓名說給他夫婦知道？」胡斐輕輕一笑，並不回答。程靈素道：「你打了他們二人，只怕他們找上我，是不是？你要把一切都攬在自己身上。胡大哥，你為甚麼一直待我這麼好？」最後這兩句話說得甚是溫柔，胡斐在黑暗中雖見不到她面容，但想來也必神色柔和，當下也很誠懇的道：「你一直照顧我，令我避卻危難。將心比心，我自然當你是好朋友啦。」

程靈素很是高興，笑道：「你眞的把我當作好朋友麼？那麼我先救你一命再說。」胡斐吃了一驚，道：「甚麼？」程靈素道：「得點個火，那燈籠呢？」俯身去摸薛鵲丟下的那隻燈籠，但在黑暗之中一時摸不到，不知她是丟在那一處草叢之中。胡斐道：「你懷裏不是還有半截蠟燭麼？」程靈素笑道：「你要小命兒不要？這是用七心海棠做的蠟燭啊……嗯，嗯，在這兒了。」她在草叢中摸到了燈籠，晃火摺點燃了，黑黝黝的森林之中，登時生起一團淡綠的光亮，將兩人罩在綠幽幽的燈籠光下。

胡斐聽到姜鐵山夫婦和慕容景岳接連幾次說起「七心海棠」四字，似乎那是一件極厲害的毒物，燈籠光下見慕容景岳俯伏在地，一動也不動，似乎已然僵斃，登時省悟，「啊」的一聲叫了出來，說道：「若非我魯莽出手，那姜鐵山夫婦也給你制服了。」

程靈素微微一笑，道：「你是爲我的一片好心，胡大哥，我還是領你的情。」

胡斐望著她似乎弱不禁風的身子，好生慚愧：「她年紀還小我一兩歲，但這般智計百出，我枉然自負聰明，又怎及得上她半分？」這時已明白其中道理，程靈素的蠟燭是以劇毒的藥物製成，點燃之後，發出的毒氣既沒異味，又無煙霧，因此連慕容景岳等三個使毒的大行家也墮其術中而不自覺。自己若不貿然出手，那麼姜鐵山夫婦多聞了一會蠟燭的毒氣，必定暈倒。但那時兩人正夾攻程靈素，出手凌厲，只怕尚未暈倒，她已先受其害。

程靈素猜到他心思，說道：「你用手指碰一下我肩頭的衣服。」胡斐不明她用意，但依言伸出食指，輕輕在她肩上撫了一下，突然食指有如火炙，不禁疼得跳了起來。程靈素見他這一跳情狀狼狽，格格一陣笑，說道：「他夫婦倘若出手碰到我衣服，滋味便是這般了。」胡斐將食指在空中搖了幾搖，炙痛兀自劇烈，說道：「好傢伙！你衣衫上放了甚麼毒藥？這麼厲害？」程靈素道：「這是赤蠍粉，也沒甚麼了不起。」

胡斐伸食指在燈籠的火光下看時，見手指上已起了一個個細泡，心想：「黑暗之中，幸虧我沒碰到她衣衫，否則那還了得。」

程靈素道：「胡大哥，你別怪我叫你上當。我是要你知道，下次碰到我這三個師兄師姊，當眞要處處提防。你武功自然比他們高明得太多，但你瞧瞧你手掌。」

胡斐伸掌一看，不見有異。程靈素道：「你在燈籠前照照。」胡斐伸掌到燈籠之前，綠光下只見掌心隱隱似有一層黑氣，一驚道：「他……他二人練過毒砂掌麼？」程靈素淡淡的道：「毒手藥王的弟子，豈有不練毒砂掌之理？」

胡斐「啊」的一聲，道：「原來尊師無嗔大師，才是眞正的毒手藥王！他老人家去世了麼？怎麼你這幾位師兄師姊對尊師這般無情無義？」

程靈素輕輕嘆了口氣，到大樹上拔下銀簪和透骨釘，將師父兩張字諭摺好，放回懷中。這時第一張字諭上發光的字跡已隱沒不見，只露出「知名不具」所寫的那兩行黑字。

胡斐道：「這字條是你寫的？」程靈素道：「是啊，師父那裏有我大師兄手抄的藥經。他的字我看得熟了。只是這幾行字可學得不好，只得其形而不能得其神。他的書法還要峻峭得多。」胡斐自幼無人教他讀書，說到書法甚麼，那是一竅不通。

程靈素道：「師父的手諭向來是用三煉礬水所寫，要在火上一烘，方始顯現，我又用虎骨的骨髓描了一遍，黑暗之中便發閃光了。你瞧！」說著熄了燈火，紙箋上果然現出她師父手諭閃光字跡，待得點亮燈籠，閃光之字隱沒，看到的只是程靈素所寫的短簡。這短簡寫在手諭的兩行之間，同是一張紙箋，光亮時現短簡，黑暗中見手諭。慕容景岳等正自全神貫注的激鬥，突見師父的手諭在樹上顯現，自要大吃一驚，程靈素再手持蠟燭走出，一時之間，他們只想著師父所遺的那部《藥王神篇》，縱然細心，也不會再防到她手中蠟燭會散發毒氣了。

這些詭異之事一件件揭開，胡斐登時恍然，臉上流露出又明白了一件事的喜色。程靈素笑道：「你中了毒砂掌，怎麼反而高興了？」胡斐笑道：「你答允救我一命的，有藥王的高足在此，我還躭心甚麼？」程靈素嫣然一笑，鼓氣又吹滅燈籠，只聽她走到竹籬之旁，瑟瑟索索的發出些輕微聲響，不知她在竹籬中拿些甚麼，過了一會，回來點燃燈籠。

胡斐眼前斗然一亮，見她已換上了一套白衫藍褲。程靈素笑道：「這衣衫上沒毒粉了，免得你提心吊膽，唯恐一個不小心，碰到了我衣服。」胡斐嘆了口氣，道：「你甚麼都想到了。我年紀是活在狗身上的，有你十成中一成聰明，那便好了。」

程靈素道：「我學了使用毒藥，整日便在思量打算，要怎麼下毒，旁人才不知覺，又要防人反來下毒，挖空心思，便想這種事兒。咳，那及得上你心中海闊天空，自由自在？」說著輕輕嘆了口氣，拉過胡斐右手，用銀簪在他每根手指上刺了個小孔，然後雙手兩根大拇指自他掌心向手指擠迫，小孔中流出的血液帶有紫黑之色。她針刺的部位恰到好處，推擠黑血，手勢又極靈巧，胡斐竟不感痛楚，過不多時，出來的血液漸變鮮紅。

這時伏在地下的慕容景岳突然身子一動。胡斐道：「醒啦！」程靈素道：「不會醒的，至少還有三個時辰。」胡斐道：「剛才我把他挑了來，這人就像死了一般，我一點也不知道。他僵是僵得到了家，我的傻可也傻得到了家。」程靈素微笑道：「你口口聲聲說自己傻，那才叫不傻呢。」

隔了一會，胡斐道：「他們老是問甚麼《藥王神篇》，那是一部藥書，是不是？」程靈素道：「是啊，這是我師父花了畢生心血所著的一部書。給你瞧瞧吧！」伸手入懷，取出一個小小包袱，打開外面的布包，裏面是一層油紙，油紙之內，是一部六寸長、四寸寬的黃紙書。封皮上寫著「無嗔醫藥錄」五字，想是他四名弟子不敢逕呼師尊名諱，才稱之爲「藥王神篇」。程靈素用銀簪挑開書頁，滿書密密麻麻的寫滿了蠅頭小楷，不言可知，這書每一頁上都染滿劇毒，無知之人隨手一翻，非倒大霉不可。

胡斐見她對自己推心置腹，甚麼重大的秘密也不隱瞞，心中自是歡喜，只是見著這部毒經心中發毛，似覺多瞧得幾眼，連眼睛也會中毒，不自禁的露出畏縮之意。程靈素將藥書包好，放回懷中，然後取出個黃色小瓶，倒出些紫色粉末，敷在胡斐手指的針孔上，在他手臂關節上推拿幾下，那些粉末竟從針孔中吸了進去。

胡斐喜道：「大國手，這般的神乎其技，我從未見過。」程靈素笑道：「那算甚麼？你若見到我師父給人開膛剖腹、接骨續肢的本事，那才叫神技呢。」胡斐悠然神往，道：「是啊，尊師雖擅於使毒，但也必挺會治病救人，否則怎稱得『藥王』二字？」程靈素臉現喜容，道：「我師父如聽到你這幾句話，一定會喜歡你得緊，要說你是他的少年知己。咳，可惜他老人家已不在了。」說著眼眶不自禁的紅了。

胡斐道：「你那駝背師姊說你師父偏心，只管疼愛小徒弟，這話多半不假，我看也只你一人，才記著師父。」程靈素道：「我師父生平收了四個徒兒，這四個人給你一晚上都見到了。慕容景岳是我大師兄，姜鐵山是二師兄，薛鵲是三師姊。收了三師姊後，師父本來不想再收徒兒了，但見我三位師兄師姊鬧得太不像話，只怕他百年之後沒人制得他們，三人為非作歹，更要肆無忌憚，害人不淺，因此到得晚年，又收了我這個幼徒。」頓了一頓，又道：「我這三個師兄師姊本性原也不壞，只為三師姊嫁了二師兄，大師兄和他倆結下深仇，三個人誰也不肯干休，弄到後來竟難以收拾。」

胡斐點點頭，問道：「你大師兄也要娶你三師姊，是不是？」程靈素道：「這些事過去很久了，我也不大明白。只知大師哥本來是有師嫂的，三師姊喜歡大師哥，便把師嫂毒死了。」胡斐「啊」的一聲，只覺學會了下毒功夫，自然而然的會殘忍起來。

程靈素又道：「大師哥一氣之下，暗中給三師姊服了一種毒藥，害得她駝了背，跛了腳。那時師父去了西藏採藥，待得回來，已來不及救治了。二師哥暗中一直喜歡著三師姊，她雖殘廢，卻並不嫌棄，便和她成了親。也不知怎麼，他們成婚之後，大師哥卻又想念起三師姊的諸般好處來，竟又去纏著她。我師父給他們三人弄得十分心煩，不管怎麼開導教訓，這三人反反覆覆，總糾纏不清。倒是我二師哥為人比較正派，對妻子始終沒貳心。他們在洞庭湖邊用生鐵鑄了這座藥王莊，莊外又種了血矮栗，原先本是為了防備大師哥糾纏，後來他夫婦倆在江湖上多結仇家，這藥王莊又成了他們避仇之處了。」

胡斐點頭道：「原來如此。怪不得江湖上說到毒手藥王時說法不同，有的說是個秀才相公，有的說是個粗豪大漢，有的說是個駝背女子，更有人說是個老和尚。」

程靈素道：「眞正的毒手藥王，其實也說不上是誰。我師父挺不喜歡這個名頭。他說：『我使毒物，是為了治病救人。稱我「藥王」，那愧不敢當，上面再加「毒手」二字，難道無嗔和尚是隨便殺人的麼？』只因師父擅用毒物出神入化，我三位師兄師姊又使得太濫，有時不免誤傷好人，因此『毒手藥王』這四個字，在江湖上名頭弄得十分響亮。師父不許師兄師姊洩露各人身分姓名，這麼一來，只要甚麼地方有了離奇的下毒案件，一切帳便都算在『毒手藥王』頭上，你瞧冤是不冤？」

胡斐道：「那你師父該當出來辯個明白啊。」程靈素嘆道：「這種事也辯不勝辯……」說到這裏，已將胡斐五隻手指推拿敷藥完畢，站起身來，道：「咱們今晚還有兩件事要辦，若不是……」說到這裏突然住口，微微一笑。

胡斐接口道：「若不是我不聽話，這兩件事就易辦得很，現下不免要大費手腳。」

程靈素笑道：「你知道就好啦，走吧！」胡斐指著躺在地下的慕容景岳道：「又要請君入籮？」程靈素笑道：「勞您的大駕。」

胡斐抓起慕容景岳，放入竹籮，將竹籮搭上扁擔，放上肩頭挑起。

程靈素在前領路，卻是向西南方而行，走了三里模樣，來到一座小屋之前，叫道：「王大叔，走吧！」屋門打開，出來一個漢子，全身黑漆漆地，挑著副擔子。胡斐心想：「又有奇事出來啦！」有了前車之鑒，那裏還敢多問，緊緊跟在程靈素身後，當眞不離開她身邊三步。程靈素回眸一笑，意示嘉許。

那漢子跟著二人，一言不發。程靈素折而向北，四更過後，到了藥王莊外。她從竹籮中取出三大叢藍花，分給胡斐和那漢子每人一叢，與胡斐二人躍過血矮栗，那漢子不會武功，從樹叢間擠了進去。到了鐵鑄的圓屋外面，程靈素叫道：「二師哥，三師姊，開不開門？」連問三聲，圓屋中寂無聲息。

程靈素向那漢子點點頭。那漢子放下擔子，擔子一端是個風箱。他拉動風箱，燒紅炭火，熔起鐵來，敢情是個鐵匠。胡斐看得大奇。又過片刻，只見那漢子將燒紅的鐵汁澆在圓屋之上，摸著屋上的縫隙，一條條的澆去，竟是將鐵屋上啓閉門窗的通路一一封住。料來姜鐵山和薛鵲便在屋中，想是忌憚程靈素厲害，竟不敢出來阻擋。

程靈素見鐵屋的縫隙已封了十之八九，屋中人已沒法出來，向胡斐招招手。兩人向東越過血矮栗，向西北走了數十丈，只見遍地都是大岩石。程靈素數著腳步，北行幾步，又向西幾步，輕聲道：「是了！」點燈籠一照，見兩塊大岩石之間有個碗口大小洞穴，洞上又用一塊岩石凌空擱著。程靈素低聲道：「這是他們的通氣孔。」取出那半截蠟燭點燃了，放在洞口，與胡斐站得遠遠地瞧著。

蠟燭點著後，散出極淡輕煙，隨著微風，嬝嬝從洞中鑽了進去。

瞧了這般情景，胡斐對程靈素的手段更是敬畏，但想到鐵屋中人給毒煙這麼一薰，那裏還有生路？不禁心生憐憫：「這淡淡輕煙本已極難知覺，便算及時發見，堵上氣孔，最後還是要窒息而死，只差在死得遲早而已。難道我眼看著她幹這等絕戶滅門的毒辣行逕，竟不加阻止麼？」

只見程靈素取出一把小小團扇，輕煽燭火，蠟燭上冒出的輕煙盡數從岩孔中鑽了進去，胡斐再也忍耐不住，霍地站起，說道：「靈姑娘，你那師兄師姊，與你當眞有不可解的怨仇麼？」程靈素道：「沒有呀。」胡斐道：「你師父傳下遺命，要你淸理門戶，是不是？」程靈素道：「眼下還沒到這個地步。」胡斐道：「那……那……」心中激動，不知如何措辭，一時說不下去了。

程靈素抬起頭來，淡淡的道：「甚麼啊？瞧你急成這副樣子！」胡斐定了定神道：

「倘若你師哥師姊……並無非殺不可的過惡，請你給他們留一條改過自新的道路。」程靈素道：「是啊，我師父原也這麼說。」頓了一頓，說道：「可惜你見不到我師父了，否則你們一老一少，一定挺說得來。」口中說話，手上團扇仍不住撥動。

胡斐搔了搔頭，指著蠟燭問道：「這毒煙……這毒煙不會致人死命麼？」程靈素道：「啊，原來咱們胡大俠在大發慈悲啦。我是要救人性命，不是在傷天害理。」說著轉過頭來，微微一笑，神色頗為嫵媚。胡斐滿臉通紅，心想自己又做了一次傻瓜，雖不懂噴放毒煙為何反是救人，心中卻甚感舒暢。

程靈素伸出左手小指，用指甲在蠟燭上刻了一條淺印，道：「請你給我瞧著，別讓風吹熄了，點到這條線上就熄了蠟燭。」將團扇交給胡斐，站直身子，四下察看，傾聽聲息。胡斐學著她樣，將輕煙煽入岩孔。

程靈素在十餘丈外兜了個圈子，沒見甚麼異狀，回來坐在一塊圓岩上，說道：「引了狼羣來踏我花圃的，是二師哥的兒子，叫做小鐵。」胡斐「啊」了一聲。道：「他也在這下面麼？」說著向岩孔中指了指。程靈素笑道：「是啊！咱們費這麼大勁，便是去救他。先薰暈了師哥師姊，做起事來不會礙手礙腳。」胡斐心道：「原來如此。」

程靈素道：「二師哥和三師姊有一家姓孟的對頭，到了洞庭湖邊已有半年，使盡心機，總解不了鐵屋外的血矮栗之毒，攻不進去。死在洞庭湖畔的那兩個人，十九便是孟家的。我種的藍花，卻是血矮栗的剋星，二師哥他們一直不知，直到你和鍾爺身上帶了藍花，不怕毒侵，他們這才驚覺。」胡斐道：「是了，我和鍾大哥來的時候，聽到鐵屋中有人驚叫，必是爲此。」

程靈素點點頭，說道：「這血矮栗的毒性，本來無藥可解，須得經常服食樹上所結栗子，才不受栗樹氣息的侵害。幸好血矮栗毒性雖強，倒也不易爲害人畜，只要有這麼一棵樹長著，周圍數十步內寸草不生，蟲蟻絕跡，一看便知。」胡斐道：「怪不得這鐵屋周圍連草根也沒半條。我把兩匹馬的口都紮住了，還是避不了毒質，若不是你相贈藍花……」說到這裏，想起今晚的莽撞，不自禁暗暗驚心，心道：「無怪江湖上一提到『毒手藥王』便談虎色變，鍾大哥極力戒備，確非無因。」

程靈素道：「我這藍花是新試出來的品種，總算承蒙不棄，沒在半路上丟掉。」胡斐微笑道：「這花顏色嬌艷，很是好看。」程靈素道：「幸虧這藍花好看，倘若不美，你便把它拋了，是不是？」胡斐一時不知所對，只說：「唔……唔……」心中在想：「倘若這藍花果眞十分醜陋，我會不會仍藏在身邊？是否幸虧花美，這才救了我和鍾大哥的性命？」

正在此時，一陣風吹了過來，胡斐正自尋思，沒舉扇擋住蠟燭，燭火一閃，登時熄了。胡斐輕輕叫聲：「啊喲！」忙取出火摺，待要再點蠟燭，只聽程靈素在黑暗中道：

「算啦，也差不多夠了。」胡斐聽她語氣中頗有不悅之意，心想她叫我做甚麼事，我總沒做得妥貼，似乎一切全都漫不經心，歉然道：「眞對不起，今晚不知怎的，我總失魂落魄的。」程靈素默然不語。

胡斐道：「我正在想你那句話，沒料到剛好有一陣風來。靈姑娘，我想過了，你送我這藍花之時，我全沒知這是救命之物，但既是人家一番好意給的東西，我自會好好收著。」程靈素聽他這幾句話說得懇切，「嗯」了一聲。

黑暗中兩人相對而坐。過了一會，胡斐道：「我從小沒爹沒娘，難得有誰給我甚麼東西。」程靈素道：「我也從小沒爹沒娘，還不是活得這麼大了？」說著點燃了燈籠，說道：「走吧！」胡斐偷眼瞧她臉色，似乎並沒生氣，不敢再說甚麼，便跟隨在後。

兩人回到鐵屋之前，見那鐵匠坐在地下吸煙。程靈素道：「王大叔，勞您駕，鑿開了這條縫！」所指之處，正是適才她要鐵匠銲上了的。那鐵匠也沒問甚麼原由，拿出鐵錘鐵鑿，叮叮噹噹的鑿了起來，不到一頓飯時分，已將銲上的縫鑿開。

程靈素說道：「開門吧！」那鐵匠用鐵錘東打打，西敲敲，倒轉鐵錘，用錘柄一撬，噹的一聲，一塊大鐵板落了下來，露出一個六尺高、三尺寬的門口。這鐵匠對鐵屋的構造似乎瞭如指掌，伸手在門邊一拉，便有一座小小鐵梯伸出，從門上通向內進。

程靈素道：「咱們把藍花留在外面。」三人將身上揷的一束藍花都抛在地下。程靈素正要跨步從小鐵梯走進屋去，輕輕嗅了一下，道：「胡大哥，怎麼你身上還有藍花？別帶進去。」胡斐應道：「噢！」從懷中摸出一個布包，打了開來，說道：「你鼻子眞靈，我包在包裏你也知道。」

那布包中包著他的家傳拳經刀譜，還有些雜物，日間程靈素給他的那棵藍花也在其內，只是包了大半日，早已枯萎了。胡斐撿了出來，放在鐵門板上。程靈素見他珍而重之的收藏著這棵藍花，知他剛才沒說假話，很是歡喜，向他嫣然一笑，道：「你沒騙人！」胡斐一楞，心道：「我何必騙你？」程靈素指著鐵屋的門道：「裏面的人平時服食血栗慣了，這藍花正是剋星，他們抵受不住。」提起燈籠，踏步進內。胡斐和王鐵匠跟著進去。

走完鐵梯，是一條狹窄甬道，轉了兩個彎，來到一個小小廳堂。牆上掛著書畫對聯，廳中擺的是湘妃竹桌椅，陳設雅致。胡斐暗暗納罕：「那姜鐵山形貌粗魯，居處卻是這等所在，倒像是到了秀才相公家裏。」程靈素毫不停留，一直走向後進。

胡斐跟著她走進一間廚房模樣的屋子，眼前所見，不由得大吃一驚。

只見姜鐵山和薛鵲倒在地下，不知死活。當七心海棠所製蠟燭的輕煙從岩孔中透入之時，胡斐已料到有此情景，也不以爲異，奇怪的是一隻大鐵鑊盛滿了熱水，鑊中竟坐著一個青年男子。這人赤裸著上身，背上傷痕累累，鑊中水氣不斷蒸升，看來這水雖非沸騰，卻已甚熱，說不定這人已活活煮死。

胡斐一個箭步搶上前去，待要將那人從鑊中拉起，程靈素道：「別動！你瞧他……瞧他身上還有沒有衣服。」胡斐探首到鑊中一看，道：「他穿著褲子。」程靈素臉上微微一紅，點了點頭，走近鑊邊，探了探那人鼻息，道：「你到灶下加些柴火！」

胡斐嚇了一跳，向那人再望一眼，認出他便是引了狼羣來踐踏花圃之人，只見他雙目緊閉，張大了口，壯健的胸脯微微起伏，果然未死，但顯已暈去，失了知覺，問道：「他是小鐵？他們的兒子？」程靈素道：「不錯，我師哥師姊想熬出他身上的毒質，但沒七心海棠的花粉，總治不好。」胡斐這才放心，見灶中火勢微弱，於是加了一根硬柴，生怕水煮得太熱，小鐵抵受不住，不敢多加。

程靈素笑道：「多加幾根，煮不熟、煨不爛的。」胡斐依言，又拿兩條硬柴塞入灶中。程靈素伸手入鑊，探了探水的冷熱，從懷中摸出一個小小藥瓶，倒出些黃色粉末，塞在姜鐵山和薛鵲鼻中。

稍待片刻，兩人先後打了幾個噴嚏，睜眼醒轉，見程靈素手中拿著一隻水瓢，從鑊中挹了一瓢熱水倒去，再從水缸中挹了一瓢冷水加在鑊中。夫婦倆對望了一眼，初醒時那又驚又怒的神色立時轉為喜色，知她既肯出手相救，獨生愛子便可死裏逃生。兩人站起身來，默然不語，心中各是一股說不出的滋味：愛子明明是中了她毒手，此刻她卻又來相救，向她道謝是犯不著，但是她如不救，兒子又活不成；再說，她不過是小師妹，自己兒子的年紀還大過她，那知師父偏心，傳給她的本領遠勝過自己夫婦，接連受她剋制，竟縛手縛腳，沒半點還手餘地。

程靈素一見水汽略盛，便挹去一瓢熱水，加添一瓢冷水，使姜小鐵身上的毒質逐步熬出。熬了一會，她忽向王鐵匠道：「再不動手，便報不了仇啦！」

王鐵匠道：「是！」在灶邊拾起一段硬柴，夾頭夾腦便向姜鐵山打去。

姜鐵山大怒，喝道：「你幹甚麼？」一把抓住硬柴，待要還手。薛鵲道：「鐵山，咱們今日有求於師妹，這幾下也挨不起麼？」姜鐵山一呆，怒道：「好！」鬆手放開硬柴。王鐵匠一柴打了下去，姜鐵山既不閃避，也不招架，挺著頭讓他猛擊一記。

王鐵匠罵道：「你搶老子田地，逼老子給你造鐵屋，還打得老子斷了三根肋骨，在床上躺了半年，狗娘養的，想不到你也有今日。」罵一句，便用硬柴猛擊一下。他打了幾十年鐵，雖不會武功，但右臂打擊之力何等剛猛，打得幾下，硬柴便斷了。

姜鐵山始終不還手，咬著牙任他毆擊。

胡斐從那王鐵匠的罵聲聽來，知他曾受姜鐵山夫婦極大的欺壓，今日程靈素伸張公道，讓他出了這口惡氣，倒也算大快人心。王鐵匠打斷三根硬柴，見姜鐵山滿臉是血，卻咬著牙齒一聲不哼，他生性良善，覺得氣也出了，雖當年自己受他父子毆打遠慘於此，也就不爲已甚，將硬柴往地下一抛，躬身向程靈素抱拳道：「程姑娘，今日你幫我出了這口惡氣，小人難以報答。」

程靈素道：「王大叔不必多禮。」轉頭向薛鵲道：「三師姊，請你們把田地還了給王大叔，衝著小妹面子，以後也別找他報仇，好不好？」薛鵲低沉著嗓子道：「我們這輩子永不踏進湖南省境了。再說，這種人也不會教我們念念不忘。」程靈素道：「好，就這樣。王大叔，你先回去吧，這裏沒你的事了。」

王鐵匠滿臉喜色，拾起折在地下的半截硬柴，說道：「你這狗日的當年打得老子多慘！這半截帶血硬柴，老子要當寶貝般藏起來。」又向程靈素和胡斐行了一禮，轉身出去。

胡斐見到這張樸實淳厚的臉上充滿著小孩子一般的喜色，心中一動，記起佛山鎮北帝廟中的慘劇。那日惡霸鳳天南給自己制住，對鍾阿四的責罵無辭可對，但自己只離得片刻，鍾阿四全家便屍橫殿堂。姜鐵山夫婦的奸詐兇殘不在鳳天南之下，未必會信守諾言，只怕程靈素一去，立時會對王鐵匠痛下毒手。他追到門口，叫道：「王大叔，跟你說句話。」王鐵匠站定腳步，回頭瞧著他。胡斐道：「王大叔，這姜家夫妻不是好人。你趕緊賣了田地，別在這裏再躭。他們手段毒辣得緊。」

王鐵匠一怔，很捨不得這住了幾十年的家鄉，道：「他們答應了永不踏進湖南省境。」胡斐道：「這種人的說話，也信得過麼？」王鐵匠恍然明白，連說：「對，對！我明兒便走！」他跨出鐵門，轉頭又問：「你貴姓？」胡斐道：「我姓胡。」王鐵匠道：「好，胡爺，咱們再見了，你這一輩子可得好好待程姑娘啊。」

這次輪到胡斐一怔，問道：「你說甚麼？」王鐵匠哈哈一笑，道：「胡爺，王鐵匠又不是傻子，難道我還瞧不出麼？程姑娘人既聰明，心眼兒又好，這份本事更加不用提啦。人家對你一片眞心，這一輩子你可得多聽她話。」說著哈哈大笑。胡斐聽他話中有因，卻不便多說，只得含糊答應，說道：「再見啦。」王鐵匠道：「胡爺，再見，再見！」收拾了風箱家生，挑在肩頭便走。他走出幾步，突然放開嗓子，唱起洞庭湖邊的情歌來。只聽他唱道：

「小妹子待情郎——恩情深，

你莫負了妹子——一段情，

你見了她面時——要待她好，

你不見她面時——天天要十七八遍掛在心！」

他的嗓子有些嘶啞，但靜夜中聽著這曲情歌，自有一股蕩人心魄的纏綿味道。

胡斐站在門口，聽得歌聲漸漸遠去，隱沒不聞，站著思索良久，這才回去廚房。

只見姜小鐵已然醒轉，站在地下，全身濕淋淋的，上身已披了衣衫。姜家三人對程靈素又忌憚，又懷恨，但對她用藥使藥的神技，不自禁也有一股豔羨之意。三人冷冷的站著，並不道謝，卻也不示敵意。

程靈素從懷中取出三束白色的乾草藥，放在桌上，道：「你們離開此間之時，那孟家一干人定會追蹤攔截。這三束醍醐香用七心海棠煉製過，足以退敵，但不致殺人再增新仇。」姜鐵山臉現喜色，說道：「小師妹，多謝你幫我想得周到。」

胡斐心想：「她救活你兒子性命，你不說一個謝字，直到助你退敵，這才稱謝，想來敵人定然甚強。卻不知孟家的人是那一路英雄好漢，連這對用毒的高手也一籌莫展，只有困守在鐵屋之中。」

程靈素道：「小鐵，中了鬼蝙蝠劇毒那兩人，都是孟家的吧？你下手好狠啊！」她說這話之時，向小鐵一眼也沒瞧。

姜小鐵嚇了一跳，心想：「你怎知道？」囁嚅著道：「我……我……」姜鐵山道：「小師妹，小鐵此事大錯，愚兄已責打他過了。」說著走過去拉起小鐵的衣衫，推著他身子轉過背後來，露出滿背鞭痕，血色殷然，尚未結疤。

程靈素給他療毒之時，早已瞧見，但想到使用無藥可解的劇毒，實是本門大忌，不得不再提一下。她所以知道那兩人是小鐵所毒死，也因見到他背上鞭痕，這才推想而知。她想起先師無嗔大師的諄諄告誡：「本門擅於使毒，旁人深惡痛絕，其實下毒傷人，比之兵刃拳腳還多了一層慈悲心腸。下毒之後，如對方悔悟求饒，立誓改過，又或發覺傷錯了人，都可解救。但一刀將人殺了，卻人死不能復生。因此凡無藥可解的劇毒，本門弟子決不可用以傷人，對方就算大奸大惡，也要給他留一條回頭自新之路。」

心想這條本門大戒，二師哥三師姊對小鐵也一定常自言及，不知他何以竟敢大膽犯規？見他背上鞭痕累累，縱橫交叉，想來父母責打不輕，這次又受沸水熬身之苦，也是一番重懲，於是躬身施禮，說道：「師哥師姊，小妹多有得罪，咱們後會有期。」姜鐵山還了一揖，薛鵲只哼了一聲，卻不理會。

程靈素也不以爲意，向胡斐使個眼色，相偕出門。

兩人跨出大門，姜鐵山自後趕上，叫道：「小師妹！」程靈素回過頭來，見他臉上有爲難之色，欲言又止，問道：「二師哥有甚麼吩咐？」姜鐵山道：「那三束醍醐香，須得有三個功力相若之人運氣施爲，方能拒敵。小鐵功力尙淺，愚兄想請師妹……」說到這裏，雖極盼她留下相助，總覺說不出口，「想請師妹……」幾個字連說了幾遍，接不下話。

程靈素指著門外的竹籮道：「大師哥便在這竹籮之中。小妹留下的海棠花粉，足夠爲他解毒。二師哥何不乘機跟他修好言和，也可得一強助？」姜鐵山大喜，他一直爲大師哥的糾纏不休而煩惱，想不到小師妹竟已安排了這一舉兩得的妙計，既退強敵，又解了師兄弟間多年的嫌隙，忙連聲道謝，將竹籮提進門去。

胡斐從鐵門板上拾起那束枯了的藍花，放入懷中。程靈素晃了他一眼，向姜鐵山揮手道別，說道：「二師哥，你頭臉出血，身上毒氣已然散去，可別怪小妹無禮啊。」姜鐵山一楞，登時醒悟，心道：「她叫王鐵匠打我，固是懲我昔日的兇横，但也未始不無善意。鵲妹毒氣未散，還得給她放血呢！」想起事事早在這個小師妹的算中，自己遠非其敵，終於死心塌地，息了搶奪師父遺著《藥王神篇》的念頭。

程靈素和胡斐回到茅舍，鍾兆文兀自沉醉未醒。這一晚整整忙了一夜，此時天已大明。程靈素取出解藥，要胡斐餵給鍾兆文服下，然後兩人各拿了一把鋤頭，將花圃中踐踏未盡的藍花細細連根鋤去，不留半棵，盡數深埋入土。

程靈素道：「我先見狼羣來襲，還道是孟家的人來搶藍花，後來見小鐵項頸中掛了一大束藥草，才猜到他用意。」胡斐道：「他怎麼中了你七心海棠之毒？黑暗中我沒瞧得清楚。」程靈素道：「我用透骨釘打了他一釘，釘上有七心海棠的毒質，還帶著那封假冒大師哥的信，約他們在樹林中相會。那透骨釘是大師哥自鑄的獨門暗器，二師哥三師姊向來認得，自是沒懷疑。」胡斐道：「你大師哥的暗器，你卻從何處得來？」

程靈素笑道：「你倒猜猜。」胡斐微一沉吟，道：「啊！是了，那時你大師哥已給你擒住，昏暈在竹籬之中，暗器是從他身上搜出來的。」程靈素笑道：「不錯。大師哥見了我的藍花後早已起疑，你們向他問路，他便跟蹤而來，正好自投竹籬。」

兩人說得高興，一齊倚鋤大笑，忽聽得身後一個聲音說道：「甚麼好笑啊？」兩人回過頭來，只見鍾兆文迷迷糊糊的站在屋簷下，臉上紅紅的尙帶酒意。胡斐一凜，道：「靈姑娘，苗大俠傷勢不輕，我們須得便去。這解藥如何用法，請你指點。」

程靈素道：「苗大俠傷在眼目，那是人身最柔嫩之處，用藥輕重，大有斟酌。不知他傷得怎樣？」這一句話可問倒了胡斐。他一意想請她去施救，只是素無淵源，人家又是個年輕女子，便像姜鐵山那樣，那一句相求的話竟說不出口來。

程靈素微笑道：「你若求我，我便去。只是你也須答允我一件事。」胡斐大喜，忙道：「答允得，答允得，甚麼事啊？」程靈素笑道：「這時還不知道，將來我想到了便跟你說，就怕你日後要賴。」胡斐道：「我賴了便是個賊王八！」

程靈素一笑，道：「我收拾些替換衣服，咱們便走。」胡斐見她身子瘦瘦怯怯，低聲道：「你一夜沒睡，只怕太累了。」程靈素輕輕搖頭，翩然進房。

鍾兆文那知自己沉睡一夜，已起了不少變故，一時之間胡斐也來不及向他細說，只說解藥已經求到，這位程姑娘是治傷療毒的好手，答允同去爲苗人鳳醫眼。鍾兆文還待要問，程靈素已從房中出來，背上負了一個小包，手中捧著一小盆花。

這盆花的葉子也和尋常海棠無異，花瓣緊貼枝幹而生，花枝如鐵，花瓣上有七個小小的黃點。胡斐道：「這便是大名鼎鼎的七心海棠了？」程靈素捧著送到他面前，胡斐嚇了一跳，不自禁的退了一步。程靈素噗哧一笑，道：「這花的根莖花葉，均奇毒無比，但不加製煉，不會傷人。你只要不去吃它，便死不了。」胡斐笑道：「你當我是牛羊麼，吃生草生花？」將那盆花接了過來。程靈素扣上板門。

三人來到白馬寺鎮上，胡斐向藥材鋪取回寄存的兵刃，付了二兩銀子謝禮。鍾兆文取出銀兩買了三匹坐騎，不敢躭擱，就原路趕回。

那白馬寺是個小鎮，買到三匹坐騎已很不容易，自不是甚麼駿馬良駒，行到天黑也不過趕了兩百來里。三人貪趕路程，錯過了宿頭，見三匹馬困乏不堪，已不能再走，只得在一座小樹林中就地野宿。程靈素實在支持不住了，倒在胡斐找來的一堆枯草上，不久便即睡去。鍾兆文叫胡斐也睡，說自己昨晚已經睡過，今晚可以守夜。

胡斐睡到半夜，忽聽得東邊隱隱有虎嘯之聲，一驚而醒。那虎嘯聲不久便即遠去，胡斐卻再也難以入睡，說道：「鍾大哥你睡吧，反正我睡不著，後半夜我來守。」

他打坐片刻，聽程靈素和鍾兆文呼吸沉穩，睡得甚酣，心想：「這一次多管閒事，躭擱了好幾天，追尋鳳天南便更爲不易了，卻不知他去不去北京參與掌門人大會？」東思西想，不能寧定，從懷中取出布包，打了開來，又將那束藍花包在包裹，忽然想起王鐵匠所唱的那首情歌，心中一動：「難道程姑娘當眞對我很好，我卻沒瞧出來麼？」

正自出神，忽聽得程靈素笑道：「你這包兒中藏著些甚麼寶貝？給我瞧瞧成不成？」胡斐回過頭來，淡淡月光之下，只見她坐在枯草之上，不知何時已然醒來。

胡斐道：「我當是寶貝，你瞧來可不值一笑。」將布包攤開了送到她面前，道：「這是我小時候平四叔給我削的一柄小竹刀，這是我結義兄長趙三哥給的一朵紅絨花，這是我祖傳的拳經刀譜……」指到袁紫衣所贈的那隻玉鳳，頓了一頓，說道：「這是朋友送的一件玩意兒。」

那玉鳳在月下發出柔和的瑩光，程靈素聽他語音有異，抬起頭來，說道：「是一個姑娘朋友吧？」胡斐臉上一紅，道：「是！」程靈素笑道：「這還不是價值連城的寶貝嗎？」說著微微一笑，將布包還給胡斐，隨即躺倒，閉上眼睛，不再說話。

胡斐呆了半晌，也不知是喜是愁，耳邊似乎隱隱響起了王鐵匠的歌聲：

你不見她面時——天天要十七八遍掛在心！

飛狐外傳. 2,毒手藥王 / 金庸作.　-- 二版.　-- 臺北市：
遠流，2019.04
面；公分. --(大字版金庸作品集；28)
大字版
ISBN 978-957-32-8504-5 (平裝)

857.9　　108003439

鏞